Wingless
ウィングレス
―翼を持たぬ天使―

鴻上尚史
KOKAMI Shoji

白水社

ウィングレス

—翼を持たぬ天使—

装画　きたしまたくや
装幀　中島浩

目次

ごあいさつ

『ウィングレス―翼を持たぬ天使―』は、「KOKAMI@network」（コウカミネットワークと読みます。念のため）の第19回公演です。

僕はいつも、公演の時は、「ごあいさつ」という手書きの文章をお客さんに配ります。劇場に来てくれた感謝と、何ヶ月間かの執筆と稽古《けいこ》で感じたこと、今あらためて伝えたいこと、なんてことをいろいろと記します。

初日に間に合うこともあれば、間に合わないこともあります。

初日に向けて、やるべきことがあまりに多いと、「ごあいさつ」を書く時間が取れないわけです。

僕の芝居を見慣れている人は、「ははん。間に合わなかったな。まあ、最近は初日に『ごあいさつ』があることが多かったから、そろそろかと思ったよ」なんてことを思うようです。

そういう時は、僕は、大きな紙を劇場のロビーに張り出します。タイトルは「ごあいさつのおわび」です。もちろん、「ごあいさつ」の部分は大きく、「おわび」は小さく書きます。

「商品50％オフ！」と大きく書かれた文字の下に「特定の商品を除きます」なんて小さく書いているのと似ていることはないかな。

その「ごあいさつのおわび」は、「ごあいさつ」が初日に間に合わなかったことをわびながら、「『ごあいさつ』が欲しい方は、後日、芝居を見に来る友達に自分の分も余分にもらってきてと伝えるか、劇場にふらりと立ち寄り『ごあいさつ、下さい』と制作スタッフに言うか、アンケートに『ごあいさつ、送れ』という文章と共に住所をお願いします」と書きます。

で、二日目か三日目に「ごあいさつ」が完成すると、お客さんに申し訳ないと思っていた僕も、「ごあいさつ」の郵送先がどんどん増えて慌てていた制作スタッフもホッとするのです。（ちなみに、この「ごあいさつ」だけを集めた『鴻上尚史のごあいさつ 1981-2019』が、ちくま文庫から出ています。自分で言いますが、名文揃いです）

こうやって、「ごあいさつ」の事情を書いているのは、今回、じつに特殊なケースだということを説明するためです。

いつもは、芝居が終わった後に戯曲本は出版されます。その時、このページのごあいさつは、まさに、劇場で配った「ごあいさつ」を載っけています。芝居を見れなくて、ただ戯曲だけを読もうとする人にも、劇場でどんな「ごあいさつ」が配られたか分かるようにしているのです。

が、今回、なんとこの本は初日に劇場に並ぶように出版されます。そうです！　つまりは、「ごあいさつ」ができる前に出版されるのです！　ということは、ここに劇場で配る

「ごあいさつ」は載せられないのです！

と、！を三つも並べて言うこともないのですが、そういう事情だということを伝えたくて、「ごあいさつ」についていろいろと書きました。

初日に本を出版しようと決めたのは、編集者さんと相談した結果です。

自分で言うのもなんですが、僕はいろいろと本を出版していますが、一番、売れないのは戯曲本なのです。

昔、日本を代表する作家である井上ひさしさんが「傑作戯曲を書いたと思っても、なかなか出版社は戯曲を出版してくれないんですよ。でも、ダメな小説を書いたなあと思っていても、出版社はすぐに出版しましょうと言うんです」と嘆《なげ》かれていました。

ああ、井上ひさしさんでもそうなのかと、僕はため息をつきました。

多くの人は、小説を読むことには慣れていても、戯曲を読むことに慣れてないのでしょう。

でも、実生活に使えるのは、絶対に戯曲です。（この話は長くなりそうなので、「あとがき　または上演の手引き」に回します）

とにかく、戯曲を少しでも買ってもらい、戯曲本の出版を増やしていくにはどうしたらいいだろうと考えた結果、「そうか。開幕と共に劇場で売ればいいんじゃないだろうか」と結論したのです。

それでもあんまり売れなかったらどうするんだ、という恐ろしい突っ込みはさて置いて、これは名案だと思った時に、「ああ、しまった！　それだと戯曲本に劇場での『ごあいさつ』を載せられなくなってしまう！」と、唯一の問題点を自覚しました。

そんなわけで、本だけ買う読者には、おわびします。これも「ごあいさつのおわび」です。すみません。

でも、こういう変わったタイプの「ごあいさつ」もたまにはいいんじゃないかと、勝手に思っています。いえ、違いますね。すみません。

編集者さんには、「じゃあ、鴻上さん。今から、初日に配る『ごあいさつ』を書いて、戯曲本にも載っければいいじゃないですか」と言われましたが、残念ながらそうはいきません。

一本の作品を創るということは、長い旅を続けるようなものです。

二ヶ月から三ヶ月かけて、一本の戯曲を書き、スタッフ・キャスト合わせて何十人という人達と一ヶ月半近く、毎日、稽古場で作業する。

当然、いろんなことが起こります。楽しいこともやっかいなことも面倒なことも、いろいろです。時には眠れないことも起こります。

それでも、とにかく初日を迎える。その時に、何を思い、どんな気持ちになるか。それは、その時になってみないと本当に分からないのです。

今、僕は、果たして、どんな気持ちで初日を迎えるんだろうとドキドキしています。

あ、もうひとつ、初日に「ごあいさつ」は間に合うんだろうかということもドキドキしています。

そんなわけで、『ウィングレス』、ごゆっくり、お読みください。んじゃ。

ウィングレス　―翼を持たぬ天使―

登場人物

榊原一郎・天使
絹田玲菜（24歳）
岩波大介（28歳）
芝隆太（27歳）
森川麻衣（8歳）
森川彩子（38歳）
神山秀雄／神様

編集長／村井毅／福田こころ／福田姉／依頼男1／依頼男2（田淵）／依頼女1／依頼女2（竹内）／恋人／会員1／会員2／会員3／ウエイター／芝健吉／父親／息子／スタッフ1／スタッフ2／スタッフ3／スタッフ4／天使1／天使2

＊実際の上演は、メインキャスト七人、アンサンブル四人でおこなった。最小の公演人数は、一一人。最大は、それぞれに配役すれば三〇人ほどになる。その幅の中で上演は可能だろう。

1

宇宙の映像が映される。
星々。銀河。惑星。
やがて、地球が映る。
日本が見えて、ズームアップして、昼間の都会のビル群の映像。屋上が見える。
やがて、映像が消え、屋上に立つ絹《きぬ》田《た》玲《れ》菜《な》（24歳）が見えてくる。
玲菜、しばらく下を見た後、思い切って、胸の高さほどのフェンスを越えようとする。
と、声が響く。

天使（声）　ダメ！　死んだらダメ！

驚く玲菜。周りを見るが誰もいない。
再びフェンスを越えようとすると、

天使（声）　ダメだって！

玲菜　……誰？　どこにいるの？

天使（声）死んだらダメなんだ！

玲菜　ほっといて！

玲菜、無視して飛び下りようとする。

と、天使が登場する。全身、白い服で背中に大きな羽、頭の上には白い輪っか。

天使　死んだらダメだって！

玲菜　……何？　コスプレ？

天使　僕は天使だ。

玲菜　は？

天使　僕は天使だ！

玲菜　（自嘲《じちょう》的に笑い出す）

天使　どうしたの？

玲菜　なんで最後の最後に、こんな頭のおかしい奴と話さないといけないの。私の人生って、最後までクソ！

と、フェンスを乗り越えようとする。

天使、思わず駆け寄り、玲菜を羽交い締めする。

天使　死んだらダメだって！

玲菜　放して！

天使　（羽交い締めしたまま）僕は本当に天使なんだ！　今月、受け持ち区域で自殺を三人見た。君で四人目だ！　天使は何もしてはいけない。ただ、見つめるだけ。そして、神様に報告する。でも、もう耐えられない。僕は天使の規則を破る！　死んだらダメなんだ！

玲菜　だから、そういう設定は、東京ビッグサイトのコスプレエリアでやって！　放せ！　私は死ぬの！

天使　ダメだ！　きっと君を大切にしてくれる人が現れるよ！　あんな男のことは忘れるんだ！

玲菜　えっ？

天使　芝隆太なんてサイテーの男じゃないか！　仕事のことばっかり考えて、君を全然、大切にしない！　僕はずっと交際に反対だったんだ！

玲奈　（力が抜ける）……どうして隆太のことを知ってるの？

　　天使、羽交い締めを解いて、

天使　君のことは全部知っている。絹田玲菜さんのことは、全部、神様に報告してる。

玲菜　まさか、あなた、

天使　そう！　分かってくれた？　僕は本当に、

玲菜　ストーカー？

天使　違う！　天使だよ！　君をずっと見ていたんだ！

玲菜　ずっと？

天使　そうずっと！

玲菜　のぞき魔？

天使　違うって！　僕は天使なの！

玲菜　それじゃあ、私を天国に連れてってね。

玲菜、そう言って、一気にフェンスを越え、飛び下りる。

天使　ダメー！

天使もフェンスを越えて飛び下りる。

演劇的な表現で（!）、天使が落ちている玲菜に近づき、抱え上げ、そのまま、飛んで屋上に戻ってくる。

玲菜　……何？　何が起こったの？

天使　だから、天使なんだって。これで信じてくれた？

玲菜　信じられない。

玲菜、気を失う。

天使、玲菜を屋上に横たえる。

短い間。
玲菜、意識を取り戻す。

玲菜　！

天使　一度死んだと思ったら、やり直せるんじゃない？

玲菜　えっ？

天使　一度死んで生まれ変わって、今日から、新しい人生を始めるって思ったらいいよ。

玲菜　一度死んで……

天使　全部忘れて。あいつのことも。ひどい毒親のことも。学校と会社のいじめのことも。全部、忘れて新しい人生を始めるんだ。

玲菜　……本当に天使なんだ。

天使　僕は絹田玲菜さんが大好きな天使だ。

玲菜　あなたが人間だったらよかったのに。

天使　えっ？

玲菜　人間だったら、私、間違いなく好きになってた。

天使　……好きになってた。

玲菜　どうして人間じゃないの？

天使　え、いや、それは……

玲菜　ありがとう、天使さん。私、ダメダメだけど、もう一回だけ、がんばってみる。

天使　う、うん。そうだね。

玲菜　ありがとう！

玲菜、走り去る。

2

名残惜しそうに見送る天使。
と、天使に電撃ショックが与えられる。
光と雷鳴。もんどりうつ天使。

天使　（悲鳴）

神様　（エコーのかかった声）　天使番号Dα32895！

神様が現れる。
長く白い髪とヒゲ。白いローブ。イメージ通りすぎる神様。
天使二人を従えている。天使1・2も、典型的な天使の格好。

神様　天使番号Dα32895！　自らのしたことを分かっておるのか⁉

天使　はい、神様。私は天使の規則を破りました。

神様　簡単に言うな！

　　神様、天使に雷撃。痙攣《けいれん》する天使。

天使　（悲鳴）

神様　話しかけて、姿を現して、身体に触って、命を救った！　天使の規則を四つも破ったのだ！　たった今、人間担当から淡水魚担当に変更！　今すぐ、受け持ち地区のフナとドジョウを見守れ！

天使1・2　キープ・ワッチング！

天使　彼女の命を救ったのは、間違いだったとおっしゃるんですか？

神様　天使の仕事は見つめることだけだ。何かをなすのは、私、神の仕事だ。

天使　でも、神様は、何もなさらないじゃないですか？

　　神様、電撃。悲鳴を上げる天使。

神様　もう一度、言ってみよ。

天使　いえ、ですから、あの、わりと神様は、人間のなすがままで、自殺はとめないし、戦争もとめないし、

神様、電撃をしそうになって

天使　（慌てて）印象です！　印象！　もちろん、神様には私みたいなバカ天使には想像もつかない深い思いがおありになるのでございましょう。そうでしょうとも。そうに違いない！

神様　人間は迷う。神は迷わない。人間は生まれ、死に、また生まれ、さまよい続ける。神は永遠に真理に生きる。天使の規則は、永遠に変わらない。

天使　でも、彼女の命は一回きりで、死んだら終わりなんです。

神様　天使番号Dα32895。お前の気持ちはバレておるぞ。

天使　気持ち？

神様　お前、あの女性に惚れてるな。

天使　な、な、な、な、な、なにを言ってるんですか。バ、バ、バ、バ、バ、バカなこと言わないで下さい。

神様　毎回、レポートを書いているうちに、お前は絹田玲菜を愛してしまった。だから助けた。天使として最もやってはいけないことをお前はしたのだ！　とっとと、ドブ川のどじょうを見つめろ！　瞳は閉じるなよ。

天使1・2　ドント・クローズ・ユア・アイズ！

天使　嫌です。

神様　嫌!?　お前、神に逆らうのか？　天使ではいられなくなるぞ。

天使　はい。人間にして下さい。

神様　なに？

天使１・２　エンジェル・ショック！

天使　人間にして下さい。私は、人間になりたいです。

神様　お前はどこまでバカなんだ。

天使１・２　バカ！

天使　え？

神様　「人間だったらよかったのに」という絹田玲菜の言葉に迷ったな。

天使　神様。私は、もう見つめるだけは嫌です。私は愛を選びます。愛に生きる人間になります！

神様　愚か者！

神様、電撃。

天使の羽と輪っかがポトリと落ちる。暗転。

音楽と共にタイトルが浮かぶ。

「Ｗｉｎｇｌｅｓｓ」

暗転。

３

公園。

明かりつくと、森川彩子（38歳）がベンチに座って、イヤホンをつけて、スマートフォンを見ている。

ぶつぶつとつぶやいている声がだんだん大きくなる。

彩子　人間の姿をした悪魔を見つけ出せ！　悪魔の見分け方。その１、輪郭がぼやけている。その２、声にノイズがまじっている。その３、かすかに腐った臭いがする。その４、皮膚に黒いホコリがついている。その５、舌が不自然に赤い。

「その３」ぐらいで、森川麻衣（８歳）が現れる。彩子の姿をじっと見ている。

近づきたいけれど、なかなか近づけない感じ。

彩子は麻衣に気付かない。

麻衣　ママ……。

彩子　宇宙の声を聞け！　この乱れた世界は悪魔に支配されている！　世界の真実を見抜け！

彩子、思わず大きな声を出したことに恥ずかしくなり、イヤホンを外して周りを見る。

麻衣、その瞬間を狙って、思い切って近づき、

麻衣　ママ！　元気出して！　ママの大好きな歌を歌うね！

彩子、麻衣の言葉に反応しない。

麻衣、ホワイトベリー版の『夏祭り』を一生懸命に歌いだす。

麻衣　きみがいた夏は～、遠い夢の中～

が、彩子、麻衣を無視して、また画面を見始める。

一生懸命、歌い続ける麻衣。

彩子、突然立ち上がる。

彩子　よし！

彩子、走り去る。

麻衣、追いかけようとするが、諦《あきら》める。

麻衣　……この歌じゃ、ダメなのかな。

4

編集部。
芝隆太《しばりゅうた》（27歳）が、編集長に売り込みながら登場。（麻衣は去る）

芝　編集長！　いい加減、やらせて下さいよ！　「こども食堂」にはこの国のあらゆる問題点が凝縮しているんです！　絶対に話題になります！

編集長　芝ちゃんよー。何回言えばいいのかなー。

芝　なんですか？

編集長　「こども食堂」の問題点はようく分かったよ。

芝　だったら、早く特集、組みましょうよ。今や、子供の六人に一人が貧困状態なんですよ！

編集長　で、その記事は、誰が読みたいんだ？

芝　えっ？

編集長　行政の支援は不十分で、ボランティアと善意に頼ってるだけだと、日本中の「こども食堂」はつぶれるって記事、誰が金払って読みたいんだ？

芝　「こども食堂」は未来を変える可能性に満ちているんです。貧困だけじゃない。子供をつなげ、世代をつなげ、地域をつなげるんです。

編集長　芝ちゃんよー！　「週刊朝日」も「ザテレビジョン」も「ポップティーン」も続々と休刊という名の廃刊になってるんだぞ！　不透明なこの時代に、資本主義だけが元気なんだよ！

芝　凶暴な資本主義の一番の犠牲者が、子供達なんです。「こども食堂」にきて、初めてお腹いっぱい食べたっていう子供も珍しくないんですよ！

編集長　芝！　お前はフリーのライターなんだぞ。子供の心配する前に、自分が凶暴な資本主義の犠牲になるぞ。

芝　編集長！

編集長　じゃあ、この企画はやんないんだな。もう帰っていいぞ。

芝　やりますよ。この企画もやりますから、

編集長　よし！　いいか、病院から整形した患者のリスト、送ってきてるから、五人ぐらいインタビューしろ。広告臭くするなよ。整形の問題点は絶対なしな。「整形が私の人生を変えた」この一点だ。

芝　この企画もやりますよ。やりますから。

編集長　はい。打ち合わせ終了。締め切り、5日後な。（と、去りかける）

芝　編集長。

編集長　（途中で立ち止まり）自分の企画やりたきゃ、大ヒット出せ。そしたら、記事どころか、本だせるぞ。「こども食堂」の本。

芝　本⁉

編集長　この不透明な時代に、唯一、明確なものはなんだ？　資本主義だよ。

と言って去る。

すぐに、芝の電話が鳴る。

芝、表示を見て、出るかどうか迷うが、

芝　はい。あのさ、もう終わったんだからさ、……えっ？

5

道。

別空間に人待ち顔の玲菜が現れる。

芝が登場。

玲菜　ごめんなさい。わざわざ、ありがとう。

芝　特ダネって何？

玲菜　お腹空いてない？

芝　ごめん。時間がないんだ。

玲菜　じゃあ、お茶する？

芝　まず何か言ってくれない？　何？　特ダネって？

玲菜　天使に会ったの。

芝　えっ？

玲菜　天使に会って、抱えられて、びゅ〜んって空を飛んだの。

芝　ごめん。何言ってるか分からない。

玲菜　ほんとなの。天使ってほんとにいるの。すごい記事になるでしょ。

芝　……嘘までつくようになったの？

玲菜　えっ？

芝　もう二度と連絡してこないでね。

　　と、去ろうとする。

玲菜　ほんとだって！　嘘なんて言わない！

芝　……。

玲菜　隆太。私、隆太にものすごく感謝してる。こんな私とつきあってくれて。分かってる。私、隆太に全然相応しくない。隆太は頑張り屋で自立していて自分に自信があって、

芝　だから？

玲菜　だから……私、隆太に甘えすぎてた。今度こそ、私、生まれ変わる！　こんな私だけど、隆太に頼りすぎないで、

芝　それが嫌なんだよ。

玲菜　えっ？

芝　こんな私だの、私ってバカだの、自分の考えがなくてなんでもネガティブに取るだの、もう、うんざりなんだ。ものすごく重いんだよ。

玲菜　私、重くないよ。軽いよ。ほら、ふわふわしてる。ふわふわ、ふわふわ、ふ〜わふわ。

芝　……なんで、こんな姿を可愛いって思えたんだろう。二度と連絡しないで。

去る。

玲菜　……隆太。

6

玲菜のマンションの前。

明かり変わり、別空間に人間になった天使＝榊原《さかきばら》一郎が登場。

人間の服装になっている。
玲菜が戻ってくる。

榊原　お帰りなさい！

玲菜　……誰？

榊原　僕だよ。

玲菜　僕？

榊原　僕！　人間になったよ！　人間になった僕だよ！

玲菜　なんで最悪の日に、こんな頭のおかしい奴と話さないといけないの。私の人生って、本当にクソ！　……って、似たようなことを昼間も言った気がする……えっ？　まさか……？

榊原　そう！　人間になったんだよ！

玲菜　天使さん……

榊原　天使やめて、人間になったんだよ！

玲菜　どうして？

榊原　どうして？　だって、玲菜ちゃん、言ったじゃないか。「あなたが人間だったらよかったのに」。

玲菜　えっ？

榊原　だから人間になったんだよ！

玲菜　……私、そんなこと言った？

榊原　（改まって）……絹田玲菜さん。あなたが、私の受け持ち区域に生まれた時からずっと見守っていました。何度、玲菜さんの毒親を呪ったことか。何度、玲菜さんをいじめる奴らの死を願ったことか。神様にレポートを毎月書いているうちに、気がついたら好きになっていました。僕とつきあって下さい。（と握手の手を出す）

玲菜　ごめんなさい。（お辞儀）

榊原　えー!?　なんで？　なんで！

玲菜　なんでって……

榊原　玲菜ちゃん言ったよ。「人間だったら、私、間違いなく好きになってた」

玲菜　私、そんなこと言った？

榊原　言ったよ！　ものすごく切ない顔で言ったよ。

玲菜　ごめん。あたしどうかしてたんだ。

榊原　どうかしてた!?

玲菜　だって、あの時はかっこよかったの。ふわ〜って空飛んで、私を抱えて。だけど、

榊原　だけど、何？

玲菜　いや、だから……天使さん。

榊原　元天使。翼はもうないから。英語で言うと「ウィングレス」！　芝居のタイトルみたいでかっこいいでしょ！

玲菜　あたしみたいな人間の命を助けてくれて、心から感謝してます。本当にありがとうございました。

榊原　話を終わらせようとしてる？

玲菜　元天使さん。

榊原　榊原一郎って名前にした。愛称は、サッキーかイチローか迷ってるんだ。

玲菜　天使に戻った方がいいと思う。

榊原　いっくんもいいかなって……ええ!?　君のために人間になったんだよ！　僕は絹田玲菜さんが大好きな人間なんだよ！

玲菜　重いです。

榊原　重い？

玲菜　重すぎます。私、そんな女じゃないですから。私のために、天使が人間になったりする、そんな女じゃないですから。元天使さん、私を誤解してます！　さようなら！

　　玲菜、走り去る。

榊原　玲菜ちゃん！

　　啞然とする榊原。
　　ふっと淋しい顔になる。

7

突然、電撃。もんどりうつ榊原。
神様、登場。天使１・２も。

神様　今、なんと言った？
榊原　……天使に戻して下さい。
神様　はあ？　よく聞こえなかったんだが。
榊原　天使に戻して下さい！

神様、電撃。弾け飛ぶ榊原。

神様　元天使番号Dα３２８９５！　求めよ、さらば与えられん。たたけよ、さらば開かれん！
榊原　あと３回求めて叩きました。でも、ダメでした。
神様　えっ？　あと３回も？
榊原　はい。振られた日の翌日、

玲菜、登場。

榊原　おはよー！

玲菜　……。

榊原　空はもう飛べないんだけどね、元天使にも超能力があった！　昨日、偶然、見つけたの！

玲菜　……超能力？

榊原、いきなり、玲菜の手を握る。

驚く玲菜。

榊原　……三六・二度。

玲菜　えっ？

榊原　手を握るだけで、相手の体温が正確に分かるんだよ！

玲菜　それが超能力？

榊原　すごく便利でしょう！　玲菜ちゃんの体調は大丈夫。つきあいたくなった？

玲菜　ごめんなさい。

玲菜、走り去る。

榊原　行ってらっしゃい！

神様　……それは付き合う動機になるのか？

榊原　もちろんですよ！　僕と付き合えば、自分の体温がすぐに分かるんですよ。ものすごく便利じゃないですか！

神様　元天使番号Ｄα３２８９５。

榊原　相手の体調を心配する優しい心遣いが大切なんです。

神様　……二回目はいつだ？

榊原　次の日の夜です。

　　玲菜、現れる。

榊原　おかえりなさい！　バイト探し？　見つかった？　僕は、元天使の超能力、また、見つけたよ！　すごいよ！

玲菜　……なに？

榊原　相手を一瞬、優しい気持ちに変えられるの！

玲菜　優しい気持ち？

　　榊原、フンッ！　とポーズを取る。

玲菜　……ありがとう。私のために、わざわざ見つけた超能力を教えに来てくれたのね。本当にあり

榊原　が……たくない！　ものすごくウザい！　……えっ？

玲菜　ね。一瞬、優しい気持ちになったでしょう。

榊原　……確かに。なんだか、心の中が急にあったかくなった。でも一瞬だよ。

玲菜　だから、一瞬って言ったじゃない。

……。

榊原、フンッ！　とポーズ。

玲菜　すごい！　一瞬でもこんなに優しい気持ちになるなんて、ほんとに……一瞬すぎ！　あっと言う間、短か過ぎる！

榊原、フンッ！　とポーズ。

玲菜　素敵！　何度も優しい気持ちになるって本当に素敵！　本当に……くどい！　ものすごくムカック！　無理に優しい気持ちにさせられた分だけ、戻るとものすごく腹立つ！

榊原、ポーズをしようとする。

玲菜　もうやめろ！　もう来るな！

玲菜、走り去る。

神様　……お前、嫌われるために会ってないか？

榊原　今朝、三回目でした。

玲菜、出てくる。

榊原　おはよー！　新しい超能力はないんだけどさ、

玲菜、無視して通りすぎようとする。

榊原、フンッ！　とポーズ。

玲菜　私の命を救ってくれて、本当にありがとう。心から感謝します……次、私の前に現れたら警察、呼びます。このストーカー野郎！

玲菜、去る。

神様　……計四回も叩いたのか。叩けばいいってもんじゃないんだよ。

榊原　神様は僕が四回、アプローチしたのをご存知なかったんですか？

神様　あのね、神様はいくら万能って言っても忙しいの。元天使一人に関わっていられないの。

榊原　神様は何でも知っているんじゃないんですか？
神様　汝、神を試してはならぬ。
天使1・2　ドゥ・ノット・テスト・ゴッド。
榊原　……神様。どうか天使に戻して下さい。
神様　できるわけないだろう。
榊原　どうしてですか？
神様　人間になりたいって言われてほいほい人間にして、戻りたいって言われてほいほい天使に戻してみ。他の天使にしめしがつかんだろう。そんなことを簡単に許したら、
天使1　あら、私も天使やめて人間の生活を楽しみたいわ。
天使2　しばらくしたらまた天使にもどろおっと。
天使1・2　そうしよう！
神様　なんて思う天使が続々と現れるぞ。天使業界、大騒ぎだ。
天使1・2　エンジェル・カオス！
榊原　お願いです。天使に戻して下さい。
神様　だから、ほいほい戻せるわけがないんだ。
榊原　ほいほい戻りません。うんと苦労して戻ります。それならどうですか？
神様　うんと苦労して？
榊原　はい！　お願いします！
神様　……条件を出す。
榊原　はい。

神様　一人の人間を本当に救ったら、天使に戻してやろう。

榊原　一人の人間を本当に救う……。

神様　汝、狭き門より入れ。滅びにいたる門は大きく、その道は広い。南無阿弥陀仏。さらばじゃ！

去る神様と天使1・2。

榊原　一人の人間を本当に救う……

暗転。

8

すぐに明かり。

「宇宙の声」ホーム。

彩子が登場。肩掛けバッグ。手にはモップ。

反対側から岩波大介（28歳）が登場。

彩子　あ、すみません。あなた、先生の傍《そば》にいつもいるわよね。

岩波　ええ、第一秘書ですから。

彩子　じゃあ、偉い人なのね。

岩波　偉くないです。ここで偉いのは神山先生お一人です。

彩子　いいから、いいから、（バッグから紙袋を出して）これ、食べてちょうだい。

岩波　なんですか？

彩子　肉じゃが。あたしの作った肉じゃがは美味しいのよ。独身？　独り暮らし？　家庭の味に飢えてる？

岩波　申し訳ないですが、受け取れません。

彩子　どうして⁉　遠慮しないの。ほんの気持ちなんだから。

岩波　なんの気持ちですか？

彩子　なんのって、先生に対する感謝じゃないの。混乱した世界の真実を教えていただいている感謝よ。悪魔を見分けるには、その1、輪郭がぼやけている。その2、

岩波　お気持ちだけありがたくいただきます。談話室で、どなたかお腹をすかせている人に差し上げたらどうですか？

彩子　お金なの？　やっぱりお金？

岩波　何の話ですか？

彩子　何人、待ってるの？

岩波　何人？

彩子　先生が死んだ人と話すやつ。

岩波　「ソウル・リーディング」ですか。

彩子　そう、それ。何人、待ってるの？

岩波　今は、約一五〇〇人ですね。

彩子　一五〇〇人!?　一五〇〇番目の人は、いつになるのよ？

岩波　先生が話されるのは、一ヶ月に一人か二人ですから、一年で約二〇人、一五〇〇番目は、およそ八〇年後ですね。

彩子　八〇年!?　ケンカ売ってる？

岩波　は？

彩子　エクスプレスパスはどうやったら手に入るの？

岩波　エクスプレスパス？

彩子　ＵＳＪで待ち時間が短縮できるパスよ。知らないの？

岩波　ディズニーのファストパスみたいなものですか？

彩子　ファストパスは廃止になったのよ。今はスタンバイパス。知らないの？

岩波　そうなんですか。

彩子　どうやったらゲットできるの？

岩波　そんなものはありません。みなさん、順番待ちです。

彩子　昔は、先生は毎日、死んだ人と話してたでしょう？　なんで、一ヶ月に一人とか二人になったのよ？

岩波　私達「宇宙の声」は、世界の真実を伝えるスピリチュアル・グループです。ですが世間は、霊魂との会話だけをクローズアップしました。ですから、今は一ヶ月に一人か二人に制限しているのです。

彩子　よし！　明日は麻婆豆腐にロールキャベツも作って来よう。これでどう？

岩波　人の話、聞いてました？

彩子　ここには、先生に救いを求めて必死な人が来てるのよ。人の話聞いてる余裕なんかあるわけないでしょう。

岩波　あのですね、

彩子　じゃあ、色仕掛け？　カルトと言えばセックスよね。私？　どう？

岩波　なにが「どう？」なんですか？

彩子　私がエクスプレスパス。どう？

岩波　私達はカルトでも宗教でもありません。スピリチュアル・グループです。

彩子　私、スタンバイパスになるから。スターンバイッ！

岩波　……お名前は？

彩子　森川彩子です。誰にも言われてないのにホームの掃除をしています。

岩波　いつから「宇宙の声」のメンバーに？

彩子　二週間前です。YouTubeで神山先生のお話を聞いて感激して。毎日、朝から晩までホームの掃除をしています。あ、いえ、全然、平気です。

岩波　ふざけたことをおっしゃっていたら、いつやめてもらってもいいんですよ。

　　岩波、去る。
　　残される彩子。

9

明かり落ち、別空間に榊原。

メモを書いている。（彩子は見えなくなる）

榊原　神様に言われた後、すぐにＳＮＳで「あなたを本当に救います。『天使本舗』」というメッセージを出した。人間として活動する資金は、天使の羽がメルカリで高く売れた。羽一本が数千円で、羽は全体で数百本あった。「天使本舗」でネットの広告も出し、チラシも繁華街で配った。携帯が徐々に鳴り始めた。この世は、救いを求めている人に溢れていた。

携帯が鳴る。

榊原、あわててメモをしまい、携帯に出る。

榊原　はい、「天使本舗」です。あなたを本当に救います。

依頼女1が登場。

女1　助けて下さい！

榊原　はい！　どうしました？

女1　部屋に、部屋にゴキブリが！　それも二匹も！

榊原　いえ、あの、そういう問題は……

女1　ああ！　Gが、Gが飛んでくる！　こっちにGが！　ここは地獄だ！

榊原　分かりました！　すぐにうかがいます！　住所を、

女1　住所は、

　　女1、ストップモーション。
　　電話が鳴る。

榊原　はい、「天使本舗」です。ゴキブリ退治とドブ掃除と引越手伝い以外のことであなたを本当に救います。

　　依頼男1が登場。
　　（女1は去る）

男1　助けて下さい。

榊原　はい。どうしました？

男1　僕、売れない俳優なんです。
榊原　はい。
男1　稽古ばっかりやって、バイトできなくて、チケットノルマがきついから、家賃が払えません。助けて下さい。
榊原　いえ、あの、そういう問題は……
男1　助けて下さい！　未来が見えなくても夢を諦めたくないんです！
榊原　……いくら足らないんですか？　羽五本分ぐらいなら……
男1　ありがとうございます！　えっ？　羽？

電話が鳴る。（男1は去る）

榊原　はい、「天使本舗」です。ゴキブリ退治とドブ掃除と引越手伝いと家賃とスズメバチ駆除と運転代行以外のことであなたを本当に救います。

依頼女2が出てくる。

女2　助けて下さい！
榊原　どうしました!?
女2　夫が浮気してるんです！　間違いないんです！　私はどうしたらいいですか？
榊原　いえ、あの、そういう問題は……

女2　夫を信じてたんです！　助けて下さい！　もう死にたいです！

榊原　……分かりました。

電話が鳴る。（女2は去る）

榊原　はい。「天使本舗」です。こまごましたことじゃなくて、本当にあなたを救います！

依頼男2が現れる。ダサい髪形にダサい服。（オタク臭がきつい）

男2　ヘルプミー！　私、彼女いない歴、49年。ノーガールフレンド、フォーティナインイヤーズ。

榊原　おいくつですか？

男2　49歳。セイムイヤー、ノーガールフレンド。もう、ツゥーシェイム、ツゥーユンバラッシング！

榊原　は？

男2　ベリーソーリー。ミー、ヤングデイズ、アメーリカのカレッジでスタディしたから、イングリッシュがぽんぽんっ、ジャンピング、アウトオブマウス。

榊原　……。

男2　アイ・ワント・ガールフレンド！

榊原　いえ、あの、そういうプロブレムは……

男2　ヘルプミー！　セイブミー！　なぜか、ウーマンはみんなミーからランナウェイ。オーマイブッダ！　ほんとにヘルプ！

榊原　……原因は想像つきますが、分かりました。お会いしてお話をうかがいましょう。

男２　サンキュー、ヨンキュー、ソロバンニキュー！

榊原　えっ？

依頼女２が現れる。（依頼男２は去る）

女２　榊原さん。ありがとうございました！　今日、離婚届けを出してきました。

榊原　そうですか。

女２　榊原さんが撮ってくれた浮気の現場写真が効きました。榊原さんには、本当に助けられました。

榊原　僕は竹内さんを救いましたか？

女２　はい。救われました。

榊原　そうですか……。

榊原、背中を気にしている。

女２　どうしました？

榊原　いえ、そろそろ、背中にぶわーっと生えてくるかなと。驚かないで下さいね。

女２　何がです？

榊原　あ、いえ、言っちゃうとインパクトがなくなりますから。

女2　はあ……。

　　榊原、背中から羽が出てくるアクション。
　　が、何も起こらない。

榊原　あれ？　……私、竹内さんを救いましたよね。
女2　はい、もちろんです。
榊原　本当に救いましたよね？
女2　本当に？……分かっています。これからが大変だから、気を抜くなってことですよね。
榊原　えっ？
女2　私、専業主婦でしたから働かないといけないし、淋しさに負けちゃダメだし。でも、助かりました。ありがとうございました。

　　依頼女2、お辞儀して去る。
　　入れ代わりに依頼男2が登場。
　　服装と髪形が清潔になっている。
　　ただし、手に包帯。

男2　榊原さん！　彼女ができました！
榊原　田淵さん！　できましたか！

男2　はい！　榊原さんの指導に従って、髪形と服装を変えて、英語をしゃべらないようにしたら、彼女ができました！

榊原　よかった。田淵さんは、救われましたか？

男2　はい、救われました！　でも、これからが大変です！

榊原　えっ？

男2　彼女、酒飲むと人が変わるんです。昨日も、泣きながら、バットで私を殴るんです。（と手の包帯を見せる）でも、好きなんです。痛いけど愛してるんです。がんばります！

榊原　田淵さん……。

依頼男2、去る。

10

公民館の前（こども食堂）

明かり変わり、別空間に芝がダンボールを抱えて登場。（榊原は去る）

反対側から村井毅。頬に内出血の傷。

芝　村井君。これ、（と、村井の頰の傷に気づき）どうしたの、そのケガ？

村井　カズオ君のお父さんが、さっきやってきて、「こども食堂なんか行ってると、ウチが貧乏だって思われる」って、カズオ君を引っ張って、

芝　それで？

村井　カズオ君、泣くから、止めようとしたら、バコーンって……。

芝　そうか……。

村井　大丈夫です。きっと分かってくれます。それは？

芝　あ、「桜スーパー」さんにお願いしたら、ジュースとプリン、20個、提供してくれた。

村井　わあ、すごい。みんな、喜びます。

芝　ごめん。仕事がまだ終わらないんだ。今日は手伝えない。

村井　大丈夫です。なんの取材ですか？

芝　脱毛特集だ。「脱毛しないと、恥ずかしくて人前に出られない」だってさ。……絶対に「こども食堂」記事にするからね。

村井　はい。楽しみにしてます。

芝　それじゃ、気をつけて。

村井　芝さんも。

　芝、走り去る。

　村井も忙しく去る。

11

公園。

麻衣が現れる。

軽いステップを踏みながら、口の中でなにかぶつぶつと歌っている。その声は聞こえない。時々、歌をやめて、考え込んでいる。

榊原が携帯で話しながら登場。

榊原　……えっ？　今からですか？　分かりました。おうかがいします。

榊原、携帯を切って、麻衣に気付く。

榊原　こんばんはー。

麻衣　……。

榊原　一人？

麻衣　……。

榊原　知らない人に話しかけられたら、返事しちゃいけないって言われてる？

麻衣　（うなづく）

榊原　晩御飯の時間じゃない？　夜の公園は危ないから、もう家に帰った方がいいよ。

麻衣　……。

榊原　あのさ、なんか、本当に救われたいこと、ない？

麻衣　？

榊原　ないか。まあ、ないよね。お兄さん、「天使本舗」っていう人助けの会社やってるんだけどさ。今から淋しいお年寄りの話し相手に行ってくるんだ。重蔵《しげぞう》さん、話長いんだよね。……こんな話、興味ないか。じゃね。

榊原、去る。

麻衣、ステップの自己レッスン。やったりやめたり。明かりが集中して、時間が経過するイメージ。

榊原が戻ってきて、麻衣を見て驚く。

榊原　まだいたの？

麻衣　……。

榊原　もうすぐ11時だよ。子供は寝ないと。

麻衣　……。

榊原　どうしたの？

麻衣　……ママと仲直りしたい。

榊原　えっ？

麻衣　ママと仲直りしたい。

榊原　……だから、家に戻れないの？

麻衣　（うなづく）

榊原　よし、じゃあ、一緒に家に帰ろうか。

麻衣　おじさんと？

榊原　お兄さんと。

麻衣　（うなづく）

二人は歩き始める。

榊原　いくつ？

麻衣　8歳。

榊原　名前は？

麻衣　森川麻衣。

榊原　麻衣ちゃんか。どうしてママに怒られたの？

麻衣　いろいろ。

榊原　いろいろ。いつも怒られてるの？

麻衣　いつもじゃない。

榊原　じゃあ、いいじゃない。

麻衣　このごろはずっと無視されてる。

榊原　えっ……

麻衣　ママ、変わっちゃった。

榊原　変わった……どうして？

麻衣　ハマっちゃったの。

榊原　ハマった。何に？

麻衣　なんか、よく分かんない。

榊原　よく分かんない……麻衣ちゃん、パパは？

麻衣　ママ、パパと別れた。パパ、ママを叩くから。

榊原　そうか。……家は近いの？

麻衣　……ここ。

アパートの前に立つ。

榊原　このアパートか。何号室？

麻衣　１０３。

榊原　……電気、ついてないね。まさか、もう寝てるのかな。

麻衣　ママ、まだ帰ってない。

榊原　え!?　こんな時間なのに？

麻衣　ママ、変わっちゃったから。
榊原　……ママは、何時ごろに帰ってくるの？
麻衣　帰ってこない日もある。
榊原　帰ってこない!?　麻衣ちゃん、そういう時、どうするの？
麻衣　公園か屋上にいる。
榊原　屋上？
麻衣　隣のマンション。

と、麻衣、見上げる。
榊原もつられて見る。

榊原　一晩中!?　部屋の鍵持ってないの？
麻衣　持ってる。でも、あんまり一人で部屋にいたくない……。
榊原　そうか……。学校は？　行ってるの？
麻衣　うん。……部屋に入る？
榊原　それはダメだよ。もしママが帰ってきたら、大騒ぎになる。
麻衣　……。
榊原　じゃあ、ここでママを待とうか。
麻衣　しりとりする？
榊原　しりとり？

麻衣　一人でやってもあんまり面白くないの。

榊原　まあ、そうだね。よし。やろうか。

麻衣　ブランコ。

榊原　コマイヌ

麻衣　ぬま（沼）。

榊原　マンダラ。

麻衣　マンダラ？

榊原　知らないか。じゃあ、守り神。

麻衣　み、ミルク。

榊原　悔い改める。

麻衣　えっ？

榊原　ダメだね。ええと、く、く、草葉の陰。

麻衣　えっ？

と、榊原の携帯が鳴る。
一瞬、ためらうが電話に出る。

榊原　ちょっとごめんね。もしもし、田淵さん。どうしました？

依頼男2が登場。後ろにバットを持った恋人。

男2　榊原さん！　助けて下さい！　彼女がお酒を飲んで僕を殴り続けるんです！
恋人　好きだー！（と殴る）
男2　助けて下さい！
榊原　田淵さん、自分の恋人なんだから、自分でなんとかして下さいよ！
男2　榊原さん！　僕は女性とつきあったことなんかないんですよ！
恋人　好きやでー！（と殴る）
男2　僕は榊原さんの指導に従って恋人を作ったんですから！
恋人　死ぬなー！（と殴る）
男2　榊原さん、助けて下さい！
恋人　生きろー！（と殴る）

榊原、麻衣に、

榊原　ごめん。お兄さん、ちょっと行ってくる。すぐに戻るからね。
男2　榊原さん！
恋人　結婚しろー！（と殴る）
榊原　田淵さん、今から行きます！

榊原、電話しながら去る。

残される麻衣。
暗転。

12

アパート前。
明かりつく。
朝になっている。
榊原が出てくる。
麻衣はいない。

榊原　……学校に行ったか。

１０３号の前に近づくと、彩子が出てくる。
榊原、彩子を見送ろうとするが、

榊原　あの、

彩子　え？　麻衣ちゃんのお母さんですか？

榊原　……あなたは？

彩子　公園で麻衣ちゃんと知り合った者なんですが、

榊原　公園で。……なんですか？

彩子　余計なお世話だと思うんですが、もう少し、早くお帰りになった方がいいんじゃないですか？

榊原　えっ？

彩子　ちょっと遅すぎるんじゃないですか？

榊原　そんなこと、大きなお世話でしょう。

彩子　ええ、それは分かってるんですけど、

榊原　私がなんのために遅く帰ってるのか知ってるんですか？

彩子　いいえ、何のためですか？

榊原　この世界を悪魔から守るためです。

彩子　えっ？　悪魔……。

榊原　この世の不幸はすべて悪魔のせいなんです。だから、悪魔と戦うんです。

彩子　待って下さい。人間が悪魔と戦うなんて不可能です。

榊原　……あなたは誰なんですか？

彩子　私は、こういう者です。

榊原、名刺を出す。

彩子　（それを読んで）「天使本舗」？

榊原　人助けの会社です。

彩子　人を助けるためには、悪魔と戦うことです。一緒に戦いましょう。

榊原　えっ？

彩子　今から、悪魔と戦っている偉い先生の所に行きます。お話を聞きませんか？

榊原　いいえ、私は麻衣ちゃんのことを、（言いたいだけで）

彩子　私は麻衣のために、活動しているんです。

榊原　えっ、麻衣ちゃんのため？

彩子　ええ。麻衣のためなんです。

榊原　……今日も遅くなるんですか？

彩子　すべては麻衣のためなんです。さあ、行きましょう。

彩子、強引に榊原を誘う。

榊原、ついていく。

13

「宇宙の声」ホーム。
神山《かみやま》秀雄《ひでお》が派手な音楽と共に登場する。
福田こころ。見学の会員1、2。森川彩子、榊原が見つめる。岩波は、配信用のカメラの傍。カメラにはスタッフ1。

神山　神はどこにいる？　神の声を聞いたか？　紀元二世紀に生まれたキリスト教グノーシス派は、異端として抹殺された。彼らはこう言った。『この世を創造した神は、全能でも全知でもない。それどころか、不十分な能力のない神だった。その証拠がこの世だ！　地震、洪水、暴風雨、干ばつ、飢饉、伝染病、貧困、苦痛、あらゆる苦しみに満ち満ちている。この世は全能の神が創った素晴らしい世界ではない！』グノーシス派は正しかった！　だが、不十分な神を責めても意味はない。不透明な世界を嘆いても意味はない。我々が能力のない神に代わって、この世を光の世界に変えるのだ。神の声ではなく、『宇宙の声』に耳をすますのだ！

神山の演説が続く中（声は聞こえない）、彩子、スマホを見て、

彩子　すごい！　今、三万一二六八人の人が先生のお話を聞いてる！（榊原に）どう？　あなたも先生の素晴らしさが分かった？

　　榊原、思わず立ち上がり、

榊原　あなたは神様以上なんですか⁉

　　神山、演説を止める。

榊原　神様が不十分だと言うあなたは、どれほど完璧な存在なんですか？

彩子　（慌てて）ち、ちょっと、あんた！

岩波　誰だ、おまえは！　先生のお話の邪魔をする奴はただちに出て行きなさい！

神山　（岩波を止めて）まあよい。（榊原に）私はもちろん完璧ではない。神でもない。私は人間だ。人間として、神が救えなかった人々を救おうとしているのだ。

榊原　神様が救えない人間はいません！

神山　ではなぜ、この世は哀しみに満ちている？　なぜ、絶望と怒りの声が生まれ続ける？　なぜ、地球は八〇億のうめき声に震えている？

榊原　それは……哀しみもあれば、喜びもあります。

神山　そうだ。喜びを少しでも増やすために、私達は活動を続けているのだ。では、私に問うあなたは何をしているのだ？

榊原　えっ？

神山　人間を救うために、あなたは何をしているのだ？

榊原　私は……

彩子　先生、この人は、「天使本舗」っていう人助けの会社をやっています。と、説明しているのは「ソウル・リーディング」順番待ち一五七三番の森川彩子です！　まあ、すごく待つのね、そうなんです！

神山　人助けの会社？　どんなことをしているのだ？

榊原　……離婚の手伝いをしたり、恋人を見つけたり、ゴキブリを退治したり、

神山　それで、人々は本当に救われたのか？

榊原　えっ……。

神山　あなたは本当に人間を救ったのか？

榊原　それは……。

神山　（さっと雰囲気を変えて）さあ、「ソウル・リーディング」を始めよう。死せる魂と語らいたい者は誰だ？

福田こころが手を挙げる。

福田　私です！

その姿を見て、岩波、慌てる。

神山　お名前は？

福田　福田こころです。

神山　福田こころさん……（少しいぶかしむ顔）

岩波　今日は柴山《しばやま》繭子《まゆこ》さんの順番ですね。柴山さんはどこにいらっしゃいますか？

福田　柴山さんは今朝、急に体調が悪くなったんで、順番待ち六番の私と交代しました。

岩波　そうですか。残念ですが、「ソウル・リーディング」の順番を、会員同士で勝手に変えることは許されません。

福田　私、姉を自殺でなくしたんです。お願いです。先生！　姉と、姉と話させて下さい！

岩波　残念ですが、

福田　先生！　先生の言葉が生きる希望なんです！　お願いします！

岩波　規則を破ることはできませんから、

福田　先生！

神山　分かりました。魂の声を聞きましょう。

福田　ありがとうございます！

岩波　先生。

神山　いいんだ。

岩波　しかし、

神山　それでは始めましょう。

神山、じっと福田を見つめる。

神山　あなたのお姉さんは、

福田　あかりです。福田あかり。

神山　あかりさんを呼び出しましょう。不幸なことに自殺なさったんですね。

福田　はい。

神山　屋上から飛び下りましたね。

福田　……いいえ。

神山　あ、いや、睡眠薬だね。

福田　……いいえ。

神山　そうか、そうか。首を吊りましたか。

福田　……いいえ。

神山　じゃあ、なんですか？

福田　……お風呂の中で手首を切って。

神山　そうです。お風呂です。お風呂しかありません。

福田　はい。姉に聞いて下さい。どうして自殺したのかと。原因は何かって。

神山　（呼びかけるように）あかりさん。教えて下さい。原因は……ああ！　可哀そうに。可哀そうに……あああああ。

泣き崩れる神山。

（この会話の間、榊原は福田の横の辺りを何度も見つめ、戸惑っている）

岩波　先生！（駆け寄る）

神山　ああああああおおおおおお！！

岩波　先生！　大丈夫ですか!?

神山　あなたのお姉様が可哀そうで可哀そうで。　ああああおおおぐぐぐぐ！

福田　先生……。

岩波　先生！（福田に）すみません。先生が、完全感情同調状態に入りました。このまま続けるのは、先生の身がとても危険です。申し訳ないのですが、今日のリーディングはここまでです。福田さんには、あらためてチャンスを差し上げます。（カメラ目線で）オンラインでご覧の方々は、これまでの「『ソウル・リーディング』奇跡の名場面特集」をどうぞ。（参加者に）みなさんは、お土産をさしあげます。しばらくお待ち下さい。さあ、先生！

岩波、泣いている神山を連れて、足早に去る。

福田　先生！

彩子　先生、大丈夫かな。（榊原に）あんたのせいかもよ？

榊原　えっ？

彩子　自分がどんだけ失礼なことしたか、分かってるの？　あんなに感情を溢れ出してる先生、あんまりないと思うな。

　　岩波が慌てて戻ってくる。

岩波　お待たせしました。みなさんは、入口でお土産をお受け取り下さい。（榊原に）すみません。お名前は？

榊原　榊原です。

岩波　榊原さん。先生がお呼びです。

榊原&他の人達　えっ？

岩波　どうぞ、こちらへ。

彩子　すみません。会員拡大月間なので、私がこの人を誘いました。先生には「ソウル・リーディング」順番待ち一五七三番の森川彩子が謝ります。

岩波　いえ、榊原さんだけ、さあどうぞ。他の方はお疲れさまでした。

　　岩波、榊原を導き、去っていく。

14

神山の部屋。
明かり変わり、別空間に神山がいる。
岩波に導かれて、榊原が登場。

神山　わざわざ、ありがとう。少し、君と話がしたくてね。
榊原　……。
神山　岩波、お前はもういいぞ。
岩波　えっ？　しかし、先生とこんな失礼な奴を二人っきりにするわけには。
神山　下がっていい。
岩波　先生。
神山　下がっていい。
岩波　……はい。

岩波、去る。

神山　いつだ？
榊原　えっ？
神山　いつ人間になった？
榊原　なんのことですか？
神山　とぼけなくていい。私も同じだよ。
榊原　えっ？
神山　私も元天使だ。
榊原　……あなたも？
神山　ああ。どうして人間になった？　私と同じか？
榊原　あなたは？
神山　神に腹を立てたのだ。人間を救わない神に。人間は愚かで、何度でも同じ間違いを繰り返して死んでいく。気の遠くなる時間、私は悲劇を見続けた。気が狂いそうだった。だから、私が人間になって、愚かな人間を救いたいと思った。君は？
榊原　……まあ、似たようなものです。
神山　そうか。いつ人間になった？
榊原　……三週間ぐらい前です。
神山　三週間か。元天使の匂いがプンプンするな。
榊原　あなたはいつですか？
神山　もう四年以上前だ。元天使がすっかり人間になった。

榊原　今日来ていた人は、みんな、あなたを神様のように見ていましたよ。

神山　私は最初、言葉で語りかけた。どんなに不確実な世界でも不安と淋しさに負けてはいけない。どんなに先が見えなくても憎しみと怒りに心を渡してはいけない。どんなにうまくいかなくても顔を隠して石を投げてはいけない。だが、誰も聞かなかった。ある日、奇跡を見せたら人間は簡単に群がった。

榊原　奇跡？

神山　元天使に残されている超能力だ。

榊原　みんなの体温を計ったんですか？

神山　そう。あなたは三六度三分。あら、あなたは三七度九分、お大事に……ってちがーう！　……超能力はまだあるだろう？

榊原　……そんなボケをかますんですか？

神山　神はボケない。人間はボケる。私は人間だと言っただろう。

榊原　では、人間を一瞬、優しい気持ちにする超能力を使ったんですか？

神山　一瞬では意味がないだろう。だいいち、使い過ぎると、却って、相手を怒らせてしまう。

榊原　（深く）そうです。じゃあ……

神山　もうひとつ、元天使の超能力があるだろう。

榊原　もうひとつ？

神山　なんだ、気付いてないのか。元天使のもうひとつの超能力は、「死んだ人間と話せる」ことだ。

榊原　死んだ人間と話せる……。

神山　この世に思いを残し、成仏することなく、さまよい続ける霊魂と話せる。自分が死んでいることに気付いている魂もあれば、いない魂もある。私は彼ら彼女らと話し、生きている人間に伝えた。あっと言う間に人々は集まり、私は「宇宙の声」というグループを創った。

榊原　だから、あの女性は、死んだ姉の話を……。

神山　そうだ。あの女性の傍に誰か立っていなかったか？

榊原　ええ。髪の長い女性が。（ハッと）あの人は死んでたのか。だから、「私は職場でいじめられた」って。この人、何を言ってるんだろうってずっと不思議だった……。

神山　お前は死者の姿と声を受け取ったのだ。

榊原　……そんな。えっ？　あなたは？　何故、それを伝えなかったんですか？

神山　人間になって三年後に元天使の超能力は失われた。完全に人間になったのだ。

榊原　失われた……。

神山　私にはもう死んだ人間は見えない。

……どうだ、私と一緒にこの混沌とした世界から人間を救わないか？

榊原　えっ？

神山　奇跡を見せれば、人間は簡単に信じる。この国の人間は、「宗教」は大嫌いなくせに「神秘」は大好きだ。お前の力を使って、私と一緒に人間を導こう。

榊原　……だますということですか？

神山　そうだ。人間を本当に救うために、だますのだ。

榊原　そんなことをしなくても、人間を本当に救う方法はあります。

神山　私もかつてそう思っていたよ。

榊原　えっ。

神山　三千万円出そう。それが手付けだ。奇跡が広がり、会員が増え続ければ、何億でも簡単に出せる。
榊原　……お断りします。
神山　なんだと？
榊原　私はずっと人間でいるつもりはないんです。（去る）
神山　おい！

去っていく榊原。
見つめる神山。

15

明かり変わり、別空間に彩子がいる。
ホーム。
出てくる榊原。（神山は去る）

彩子　ね、何の話だったの？

榊原　なんでもないです。

彩子　なんでもないわけないでしょう！　まさか、「ソウル・リーディング」のエクスプレスパス、手に入れたの？　次？　次やるの？

榊原　そんなんじゃないです。（去ろうとする）

彩子　ちょっと！

　と、絹田玲菜が登場。

榊原　玲菜ちゃん！

玲菜　あ、あなたは……。

榊原　どうしてここに？

玲菜　オーディションを受けてたの。

榊原　オーディション？　なんの？

玲菜　（一瞬、言おうとするが）いいの。ダメだったみたいだから。……あなたは？

榊原　僕？　僕は、

　岩波が追いかけてくる。

岩波　榊原さん。連絡先を教えていただけませんか？　先生のご要望です。

彩子　神山先生のご要望!?

玲菜　神山先生と知り合いなんですか？
榊原　いや、知り合いというか、なんというか、
岩波　連絡先をお願いします。先生がゆっくりとお話したいとおっしゃっています。
榊原　いえ、結構です。（帰ろうとする）
岩波　榊原さん！
彩子　ちょっと、あんた！

彩子が榊原を引っ張り、

彩子　自分が何してるか分かってるの⁉　ねえ、お願い。肉じゃがでも麻婆豆腐でもロールキャベツでも何でも作ってあげるから、先生とコネ作って！
榊原　何言ってるんですか。（去ろうとする）
彩子　（手を引っ張り）ダメ！

神山が出てくる。

神山　榊原君。条件を教えてほしい。
岩波　先生。（自らの突然の出現に驚く）
彩子・玲菜　先生。
榊原　条件？

神山　君の求めることを教えて欲しい。私にできることなら、叶えよう。

彩子　私に「ソウル・リーディング」を受けさせる。それが条件ね。

神山　そうなのか？

榊原　違います。

神山　では、なんだ？　君の幸せのために、私は何ができる？

岩波　先生。（その提案が理解できない）

榊原　僕の幸せのため？

神山　そうだ。榊原一郎は何が幸せなんだ？

榊原　幸せ……

榊原、考え、視線がさまよった時、玲菜と目が合う。

榊原　！　……玲菜ちゃん。

玲菜　はい。

榊原　玲菜ちゃんはどうしてオーディションを受けたの？

彩子　「宇宙の声」が始めるショッピング・コーナーのアシスタントでしょ！　私も受けようかなって思ったのよね。でも、エクスプレスパスとは関係ないかなって。受けた方がよかった？

玲菜　……私、せっかく、あなたに助けてもらったのに、何にも人生変えられなくて。だから、私、生まれ変わりたくて。

榊原　生まれ変わる……。

彩子　私もエクスプレスパスが手に入ったら生まれ変われると思うな。

玲菜　だから、こんな私でも、アシスタントになれたらいいなって。でも、面接であがっちゃって。全然ダメでした。

榊原　神山先生。

彩子　ちょっと待って！　すごく嫌な流れ。だまされちゃダメよ。これが、この手の女のやり方なんだから。「保護動物アピール」よ。雨にうたれた子犬とか子猫の得意技なんだから。弱くないから。本当はしたたかで強いんだから。弱いのは、生理痛だけだからね！

榊原　条件があります。

彩子　聞いてないでしょ！　私の魂の言葉を聞いてないでしょ！　神山先生の次にありがたい私の言葉を無視するつもりでしょ！

神山　そこ。

彩子　森川彩子です！

神山　カエルにするぞ。

彩子　カエルはやめて下さい。

神山　（榊原に）条件を聞こう。

彩子　ゲロゲーロ。

全員　……。

暗転。

16

公園。
麻衣が軽くステップを踏んで、歌の練習をしている。
榊原が登場。

榊原 今日もここなんだ。
麻衣 こんにちは。
榊原 こんにちは。ママに会ってきたよ。
麻衣 ママに？
榊原 うん。ママ、これからは早く帰ると思う。
麻衣 本当？
榊原 うん。ママ、約束してくれたから。
麻衣 約束？
榊原 何してたの？　なんか踊ってた？
麻衣 なんでもない。

榊原　なんでもなくないでしょ。なんか踊ってたよね。見たぞ。

麻衣　……歌、好き？

榊原　歌？　どうして？

麻衣　誰にも言わない？

榊原　言わない。

麻衣　ママのために歌を作ってるの。ママ、歌、好きだから。

榊原　へえ。オリジナルを作ってるの？　すごい。

麻衣　でもなかなかうまくいかないの。

榊原　オリジナルは大変だよ。ミュージカルだって、輸入する方が絶対楽だもん。

麻衣　なんの話？

榊原　いいの、いいの。どんな感じ？　できたところまで聴かせて。

麻衣　えー。恥ずかしいよ。

榊原　麻衣、恥を捨てるの。役者は恥をかくのが仕事よ。バイ、月影先生。

麻衣　なんの話？

榊原　いいの、いいの。出だしだけ、歌ってみて。

麻衣、歌いだす。

麻衣　……ママ　泣かないで　ママ　元気を出して
～（歌やめて）……ここまでなんだ。……どう？

榊原　いい出だしだと思うな。
麻衣　ホント!?
榊原　うん。この先、一緒に考えようか。
麻衣　うん！
榊原　こういうのはどう？「ママ、しゅきしゅき、大しゅき！　ママ、ママー！」
麻衣　……子供じゃないんだから。
榊原　子供じゃん。
麻衣　そんなバカじゃないから。
榊原　バカっぽい？
麻衣　思いっきり。
榊原　じゃあ、これは？「ハンバーグはスキッスキッ！　カレーライスもスキッスキッ！　ママの料理はスキッスキッ！」
麻衣　私がいくつだと思ってるの？
榊原　八つでしょ。
麻衣　八つが、ただノンキで平和だと思ってるの？
榊原　違うの？
麻衣　おじさん。
榊原　お兄さん。名前は榊原一郎。
麻衣　榊原一郎。……いっくんか。
榊原　麻衣ちゃんは、どんな言葉を入れたいの？

麻衣　えっとね、ママ、ありがとう、とかかな……。

二人、相談を始める。

17

音楽と共に、YouTubeの映像が映される。（2人は去る）

タイトルが出る。

「宇宙の声」チャンネル　「ショッピング・コーナー」

神山が微笑み、横で玲菜がアシスタントを務めている。

岩波がカメラの横で、厳しい顔で収録を見つめている。カメラにはスタッフ1。見ているスタッフ2、3。

玲菜　こんにちは、みなさん。今日から始まりました、『宇宙の声』チャンネル、ショッピング・コーナー。アシスタントの絹田玲菜でしゅ。です！

玲菜はかなり緊張して、ぎこちない。玲菜がトチるたびに、岩波は怒りに体が震える。

玲菜　しゃあ、しぇんしぇー。いえ、さあ、先生、今日、ご紹介するもんな、なんかですか？

神山　人類を救う画期的な発明です！

玲菜　素晴らしか！　そん名も、

神山　悪魔センサー！

玲菜　悪魔センサー！　すごかです！　神山しぇんしぇー、神山先生、悪魔センサーとはなんかですかな？

神山　このセンサーをかざせば、人間に化けた悪魔を見抜くことができるのです。

玲菜　悪魔を!?

神山　平気で嘘をつく人、平然と人を傷つける人、楽しそうに悪口を言う人、自分のことしか考えてない人。みんな、悪魔が人間に変身しているのです。今までは、なかなか悪魔だと見抜けませんでした。ですが、センサーが簡単に悪魔を教えてくれるのです！

玲菜　画期的で革命的で前代未聞、空前絶後ん発明ばい、です！

神山　悪魔センサーを持てば、この不安な世の中で、ムダに傷つくことも、相手の言葉に胸引き裂かれることも、人間関係に怯えることもなくなるのです！

玲菜　すごか！！　ほんなこつすごか！！　しゃあ、気になるんなお値段ばい。悪魔センサー、はたしておいくらなんやろうかですか？

神山　一台税込み九四〇〇円です。

玲菜　九四〇〇円ぽっきり！　これは画期的で革命的で前代未聞、空前絶後ん値段ばい、です！

神山 商売ではないのです。この混迷の時代に人々を救うための、採算度外視の救済運動なのです！

玲菜 わあ、みなしゃん。お聞きになったと？ すごかことばい。しゃあ、ただ今から申し込みば受け付けるですばい！ ふるって申し込んでくれんですか！

収録の風景がふっと暗くなる。

18

明かり変わり、別空間に芝が登場。
スマホの画面を見つめている。
玲菜が駆けて来る。

玲菜 待った？ ごめんなさい！ ほんとにごめんね！

芝 いや、今、来た所だから。

玲菜 どうしたの？ 隆太から連絡、くれるなんて。びっくりしちゃった。

芝 見たよ。YouTube。

玲菜 えー、隆太も「宇宙の声」、興味あるの？

芝　いや、雑誌の編集長が見ててね。びっくりしたよ。玲菜がアシスタントやってるんだから。

玲菜　隆太に言ったでしょ。生まれ変わるんだって。今、一生懸命、神山先生の教えを学んでるの。もう目からウロコが千枚ぐらい落ちてる！　あ、ちょっと待ってね。

玲菜、バッグから悪魔センサーを取り出し、芝に向けて差し出す。
なにも起こらない。ホッとする玲菜。

芝　それが、YouTubeで宣伝してた、

玲菜　そう。悪魔センサー。よかった、隆太は悪魔じゃない。

芝　当たり前だよ。……玲菜は前から、その、「宇宙の声」と関係してたの？

玲菜　ネットでアシスタント・オーディションを見つけたの。

芝　オーディションに応募したの？　玲菜が？

玲菜　人生、変えたいと思ったから。

芝　よく受かったね。

玲菜　そう？

芝　だって、言葉、少しおかしくなかった？

玲菜　緊張すると、地元の言葉がでるんチャネ。

芝　でるんだ。

玲菜　すっごくラッキーだったのね。強力な推薦があって。その人ね……（急にやめて）ううん。私、受かるまで「宇宙の声」、全然、知らなかったの。あ、内緒ね。

芝　そうなんだ。

玲菜　隆太、元気にしてたの？　こども食堂はどうなったの？　続いてる？

芝　ちょっと危ないんだよね。……お願いがあるんだ。

玲菜　なに？

芝　飯でも食おうか。

玲菜　うん！　何食べたい？　何にしようか？

二人、去る。

19

神山の部屋（ホーム）

神山と岩波が登場。

岩波　先生、どうしてあの女なんですか？

神山　どうして？　絹田君は立派にやったじゃないか。

岩波　ものすごく変でしたよ！　日本語になってなかったでしょう！

神山　それはお前の見方だ。私の目に狂いはない。

岩波　どうして、先生は榊原の言うことを聞くんですか？

神山　聞くんじゃない。条件を受け入れただけだ。

岩波　だから、どうしてなんですか？　何か弱みを握られてるんですか？　だから、あんな事故物件を引き受けたんですか？

神山　なんだ事故物件て。彼とは昨日が初対面だよ。

岩波　じゃあ、まさか……

神山　なんだ？

岩波　先生、榊原に惚れたんですか？

神山　何を言い出すんだ⁉　びっくりしたあ。どこからそんな考えが出てくるんだ。

岩波　だって、それしかあんなクズアシを引き受ける理由はないでしょう！　一目惚れですか！　燃え上がる一目惚れですか！

神山　違うよ。それより、悪魔センサーの売り上げはどうなんだ？

岩波　ボロアシのせいで、低調です。まだ二千台に届きません。

神山　岩波。明日から「ソウル・リーディング」を一週間連続でやるぞ。間違いなく話題になるから、悪魔センサー、一〇万台を目安に増産しろ。

岩波　えっ、でも、今、「福田こころ」の調査で手一杯です。とても一週間連続なんて、

神山　調査はいらない。私がやる。

岩波　先生。もう泣き逃げは通じませんよ。今度やったら、さすがに突っ込まれます。

神山　久しぶりに本気でやる。

岩波　えっ!?　でも、本気でやったら、先生のお体が……。

神山　岩波。いよいよ、「V計画」を始めるぞ。

岩波　えっ。

神山　「宇宙の声」がこの世界を変える。私の体など問題ではない。

岩波　ですが、（声をひそめて）まだ、弱毒化は不十分です。

神山　致死率はどれぐらいだ？

岩波　一〇％です。

神山　それでよい。

岩波　先生。

神山　もし、エネルギーを使い過ぎて、道半ばで死んだら、それは、私に天命がなかったということだ。

岩波　先生を失いたくありません。

神山　岩波。私の運命は、お前の運命だ。

岩波　先生……。

神山　時は来たのだ。

岩波　……はい。

明かり落ちる。

20

すぐに明かり。
別空間に玲菜と芝。
レストランで食事している。

玲菜　名簿!?　悪魔センサーを買った人の名簿が欲しいってこと?
芝　うん。こっそり入手して欲しい。
玲菜　どうして?
芝　反応を知りたいんだ。編集長が「宇宙の声」の特集組みたいって。悪魔センサーを使ってどうだったか。
玲菜　特集……。隆太が書くの?
芝　もちろん。玲菜の感想も聞きたいな。
玲菜　隆太も買ってくれる?
芝　ああ。僕の感想も書くよ。

ウエイターがやってくる。

ウエイター　パスタをお持ちしました。

玲菜、テーブルに置いてある悪魔センサーを差し出す。メロディーを奏で始める。
玲菜、慌ててスイッチを切る。
ウエイターはパスタを置いて去る。

芝　……それが鳴ったってことは、つまり、

玲菜　（声をひそめて）あのウエイターは、悪魔が人間にバケているってこと。分かってよかった。出ましょう。（立ち上がろうとする）

芝　いや、パスタ食べようよ。

玲菜　悪魔なのよ。何かされる前に出た方がいい。

芝　本気で言ってる？

玲菜　どういう意味？

芝　いや、だから、本気であのウエイターが悪魔だと思ってる？

玲菜　人間にバケてるけどね。

芝　いや、玲菜、冗談はいいから。食べようよ、パスタ。

玲菜　まさか、隆太、信じてないの？

芝　えっ？　……まさか、信じてるの？

玲菜　信じるとか信じないとかじゃないから。

芝　だよな。

玲菜　事実だから。

芝　玲菜……。

玲菜　神山先生のYouTube見てないの？　「ソウル・リーディング」って言って、死んだ人と会話するのがすごいの。本当に超能力なの。奇跡なの。神山先生が作った悪魔センサーなんだから本物なの。

玲菜、立ち上がる。

玲菜　出よう。さあ、早く。

玲菜、足早に去る。

慌てる芝。

芝　玲菜！

芝、追いかけて去る。

21

屋上。

手すり越しに風景を見ている麻衣と榊原。

麻衣　ここからだと、帰ってくるママがよく見えるんだ。

榊原　すっごく見晴らしのいい屋上だね。でも、勝手に上がって怒られないの？

麻衣　このマンションの子供だと思われてるから。

榊原　なるほど。

麻衣　駅からママが歩いてくるのが見えたら、すぐに降りるの。ママ、どうして分かったのって、いつもびっくりしてた。

榊原　いい場所を見つけたね。

麻衣　こうやると、駅の出口まで見えるんだよ。

と、麻衣、手すりの上に身を乗り出して、伸び上がろうとする。

榊原　（慌てて）危ないよ。

　　麻衣、手すりから降りながら、

麻衣　……ママ、遅いね。

榊原　約束したんだけどね。

麻衣　ママ、怒ってるのかな。

榊原　ママを怒らせること、なんかやったんじゃない？

麻衣　（首を振る）

榊原　ようく思い出して。部屋を片づけなかったとか、

麻衣　（首を振る）

榊原　トイレを流さなかったとか、

麻衣　（首を振る）

榊原　おねしょ、したとか？

麻衣　おじさん。

榊原　それやめて。ものすごくグサっとくるから。いっくんでしょ。

麻衣　いっくんおじさん。

榊原　何？

麻衣　失礼すぎない？

榊原　えっ？

麻衣　小学三年生の女子におねしょ？

榊原　ごめんなさい。

麻衣　いっくん。

榊原　はい。

麻衣　もてないでしょ。

榊原　……（グサッ）

麻衣　女子の気持ちが全然、分かってない。

榊原　……教えてくれる？

麻衣　今、好きな人はいるの？

榊原　はい。

麻衣　好きって言った？

榊原　四回ぐらい。

麻衣　四回!?　だったら、

榊原　だったら？

麻衣　ダメじゃん。

榊原　あうっ！（と、深く傷つく）

麻衣　……そんなに好きなの？

榊原　（うなづく）忘れようとしたんだけど、忘れようと思えば思うほど、

麻衣　プレゼントとかは？

榊原　そんな感じのことは、ちょっと（した）

麻衣　うまくいった？

榊原　分かんない。

麻衣　じゃあ、

榊原　じゃあ？

麻衣　私みたいに歌、作ったら。それで、その人の前で歌うの。

榊原　うーん。それはどうかなあ。

麻衣　ママへの歌が完成したら、手伝ってあげる。

榊原　ありがとう。じゃあ、続き、やろうか。「ママの笑顔」が麻衣ちゃんは大好きなんだろう？

麻衣　うん。

榊原　笑顔を見ると元気になる？

麻衣　うん。……「ママの笑顔が私のエネルギー」

榊原　それだ！

麻衣　それだ！

榊原　じゃあ、続きは、「太陽サンサン、ママさんサンサンサン、レインボー！」

麻衣　……それが大人の本気？

榊原　すみません。

　　二人、相談を続ける。

　　暗転。

22

「宇宙の声」ホーム。

神山が話している。神山の片耳にはイヤホン。

福田こころがいる。その傍に髪の長い女性（福田姉）。

岩波は配信のカメラの横にいる。カメラはスタッフ1。

玲菜と芝、彩子がいる。

片耳のヘッドホンとマイクのヘッドセット姿の榊原が別空間にいる（高い場所から見下ろしているイメージ）。

神山　福田あかりさん。この世に残した思いを教えて下さい。いまだ、現世をさまよう理由を伝えて下さい。

福田姉　こころ。私が会社で何をされたかはＵＳＢに全部残して、ジュエリーボックスの下に隠したから。

榊原　（小声で）こころ。私が会社で何をされたかは、ＵＳＢに全部残して、ジュエリーボックスの下に隠したから。

神山　こころ。私が会社で何をされたかは、ＵＳＢに全部残して、ジュエリーボックスの下に隠したから。

福田　ええ!?　姉さん、本当なの!?

福田姉　誰からどんなひどいことをされたか、全部、書いたの。

榊原　誰からどんなひどいことをされたか、全部、書いたの。

神山　誰からどんなひどいことをされたか、全部、書いたの。

福田　そんな……。

神山　家にはいま、誰かいますか？

福田　母がいます。今、この配信を見ています。

神山　お母さんにジュエリーボックスの下にＵＳＢがあるかどうか確かめてもらったらどうですか？

福田　えっ。はい。そうですね。そうします。

と、福田の携帯が鳴る。

福田　（神山に）母からです。（携帯に出る）はい。もしもし、え!?　あった！　ジュエリーボックスの下に隠してた！　すぐ戻る。うん。（神山に）ありがとうございます！　先生は神様です！
今、姉はなんて言ってますか？

福田姉　私がどんなことをされたか、みんなに知らせてね。

榊原　私がどんなことをされたか、みんなに知らせてね。

神山　私がどんなことをされたか、みんなに知らせてね……そう言っています。

福田　（空間を探って）お姉ちゃん。分かった。絶対に知らせる。（神山に）ありがとうございます。

福田、走り去る。福田姉はそれを見送り、神山にお辞儀をして消える。
芝、思わず立ち上がる。

芝　すみません。僕の祖父と話したいんですが、お願いできませんか？

玲菜　ちょっと、隆太!?

榊原　!?

岩波　なんですか、あなたは？

芝　フリーライターをしている芝と言います。今度、雑誌で「宇宙の声」の特集を組む予定なんです。神山先生の超能力を体験させて下さい。

榊原　あの野郎……。

彩子　今見たでしょう！　見事な超能力じゃないの！　と、発言しているのは、「宇宙の声」が大好きな森川彩子です！

岩波　（芝に）勝手な発言は慎みなさい。

芝　あの妹さんは、「宇宙の声」のメンバーなんでしょう？　だったら、あなた方が事前に調べることもできるし、全部、芝居ってこともあるでしょう。

岩波　失礼だぞ、君！　「ソウル・リーディング」は、一五〇〇人以上の会員が順番待ちをしているんだ。一般人が勝手に受けられるものではない！

彩子　そうよ！　失礼すぎるわよ！　と怒っているのは、神山先生が大好きな森川彩子です！

芝　今のままでは神山先生の超能力は完全には証明されないと思いますが。

岩波　なんだと!?

神山　それでは、あなたを「ソウル・リーディング」しましょう。

榊原&他の人　え!?

岩波　先生！　続けてやられては、先生のお体が……

神山　かまわぬ。「ソウル・リーディング」が真実だと分かるよい機会だ。祖父と話したいとおっしゃいましたか？

芝　はい。去年、祖父が亡くなりました。半年間、脳梗塞で反応がないまま寝たきりで。でも、何か言いたいことがあったんじゃないかとずっと思っているんです。

神山　なるほど。おじいさんのお名前は？

芝　芝健吉《けんきち》です。

神山　（空間を凝視して）芝健吉さん。いらして下さい。

榊原　（探すように）芝健吉さん、いらして下さい。芝健吉さん、いらして下さい。お願いします。芝健吉さん。

と、芝健吉、ふわふわと現れる。

健吉　呼んだかい？　わしを呼んだかい？

榊原　来ました。

神山　（うなづく）健吉さん、お孫さんに何か言いたかったことがありますか？

健吉　おお。伝えてくれますか。……隆《りゅう》ぼう。脳梗塞で倒れてから、反応はできなかったけれど、全部、隆ぼうの話は聞こえていたからな。

榊原　隆ぼう。反応はできなかったけれど、全部、隆ぼうの話は聞こえていたからな。

神山　隆ぼう。反応はできなかったけれど、全部、隆ぼうの話は聞こえていたからな。

芝　隆ぼう……。（その呼び名に驚きと戸惑い）

健吉　編集長に叱られた話もこども食堂の話もみんな聞いてたから。

榊原　編集長に叱られた話もこども食堂の話もみんな聞いてたから。

神山　編集長に叱られた話もこども食堂の話もみんな聞いてたから。

芝　！（混乱する）……そんな。

健吉　半年間、隆ぼうの話が聞けて、本当に嬉しかった。

榊原　半年間、隆ぼうの話が聞けて、本当に嬉しかった。

神山　半年間、隆ぼうの話が聞けて、本当に嬉しかった。

芝　じいちゃん……。（戸惑っている）。

健吉　隆ぼう、お前は真面目だから働きすぎて、体を壊すなよ。

榊原　隆ぼう、お前は真面目だから働きすぎて、体を壊すなよ。

神山　隆ぼう、お前は真面目だから働きすぎて、体を壊すなよ。

芝　……（玲菜に）今日、僕がここにくることを事前に知らせたか？　調べたのか？

玲菜　言うわけない。だいいち、調べる時間もないでしょ。昨日の今日だよ。

健吉　ああ、これでやっと成仏できる。

榊原　ああ、これでやっと成仏できる。

神山　ああ、これでやっと成仏できる。

芝　えっ。

健吉　お墓のお供えはわしの好きな草餅とお前の好きな桜餅にしてくれよ。

榊原　お墓のお供えはわしの好きな草餅とお前の好きな桜餅にしてくれよ。

神山　お墓のお供えはわしの好きな草餅とお前の好きな桜餅にしてくれよ。

芝　！　……嘘だ！

芝、混乱したまま走り去る。

玲菜　隆太！

追いかける玲菜。

榊原　（思わず）玲菜ちゃん。

神山　玲菜ちゃん。

全員　？

神山　え、あ、いや、暗転。

暗転。

23

すぐに明かり。
神山の部屋
神山と岩波がいる。

岩波 先生、すみませんでした！
神山 どうした？
岩波 一瞬でも、先生のことを疑った自分は、どんな罰でも受けます。
神山 疑う？
岩波 先生が三回、泣き逃げした時に、「ああ、この人は、とにかく笑いを取ることだけが生きがいなんだなあ」と思ってしまいました。許して下さい！
神山 ……笑いを取ることを人生の目標にすると、つらいぞ。
岩波 肝に銘じます。
神山 あの男、絹田君の恋人だろう。使い道があるかもしれん。調べてくれ。
岩波 分かりました。ネットでは、今日の配信がバズりまくっていて、悪魔センサーの注文が、一日で二万台を越しました。

神山　そうか。

岩波　福田こころさん、お姉さんの文章を元に会社に裁判を起こすつもりのようです。

神山　あと一〇万台、増産だな。

岩波　はい。でも、先生のお体が本当に心配です。一日に二回もリーディングされて大丈夫なんですか？

神山　人類の輝く未来のためなら、私の命など惜しくはない。

岩波　（声をひそめて）「V計画」の準備、あと三日で完成します。

神山　よし。

と、榊原が入ってくる。

榊原　お呼びですか？

神山　おお、榊原君。（岩波に）岩波、席を外せ。

岩波　えっ。ええ……。

岩波、去る。

神山　今日はよくやってくれた。パーッと美味いもん、食いに行こう。何がいい？　肉か？　寿司か？

榊原　いえ、ちょっと寄る所がありますから。

神山　そうだな。今日、口説くのがいいな。だが、焦るなよ。ゆっくりだ。

榊原　は？

神山　生意気な男をぎゃふんと言わせたんだ。榊原君も痛快だったろう。

榊原　生意気な男をぎゃふん？

神山　絹田君とあの男のことはいつから知ってたんだ？

榊原　なんの話ですか？

神山　とぼけなくてもいい。今日、あの男と絹田君が一緒に来た姿を見た時の、榊原君の顔はすごかったぞ。切なさと驚きと心憎さと。

榊原　いや、それは、

神山　また、絹田君があの男を見る目が愛に溢れてたな。わしは、今日、榊原君のために、あいつの挑戦を受けたんだ。偉い？　わし、偉い？

榊原　違いますよ。何言ってるんですか。

神山　隠さなくていい。絹田君のためなら、何でもするんだろう？

榊原　……僕は利己的な元天使なんです。

神山　利己的？

榊原　一人の人間を本当に救えば、天使に戻すと神様に言われました。僕は自分のために、玲菜ちゃんを救おうとしているのです。

神山　本当に天使に戻りたいのか？

榊原　はい。

神山　もし、絹田君が本当に榊原君を好きになったらどうする？　それでも、天使に戻るのか？

榊原　も、も、も、もちろんです！

神山　思いっきり動揺してるじゃないか。

榊原　ど、ど、ど、動揺なんて全然、してませんよ！

神山　どうだ。一週間と言わずに、このままずっとわしと組んで人間を救わないか。そうして、絹田君と一緒に幸せになればいい。

榊原　いや、しかし、

神山　しかし？　……絹田君には好きな男がいるから、幸せになんかなれるわけがない？

榊原　な、な、な、な、なにを言ってるんですか？

神山　いくじなし！

榊原　えっ？

神山　お前は、頭がキーンとするから、アイスを食うのを諦めるのか？　ゴールキーパーがいるから、シュートするのを諦めるのか？　太るからイチゴに練乳をかけるのを諦めるのか？

榊原　何言ってるか分かりません。

神山　「宇宙の声」の幹部になって、バリバリやれば、すぐに絹田君は君を好きになる。

榊原　やがて、僕もただの人間になるんでしょう。いつまでも奇跡は起こせません。

神山　あと一ヶ月、つきあってくれれば充分だ。

榊原　一ヶ月？

神山　人間になったのは、天使に許されないことをするためじゃないのか？

榊原　えっ。

神山　愛する人を手に入れるんだ。

彩子がすっと入って来る。

彩子　失礼します。森川彩子です。入りなさい。そうですか。

神山　勝手に入ってはいかん。（外に）誰かいるか！

彩子　だって、約束を守ってくれないんだもん！

榊原　約束？

彩子　家に早く帰ったら、「ソウル・リーディング」の順番、上がるって言ったよね。

榊原　ええ。約束しましたよ。でも、森川さん、昨日も一昨日も、早く帰りませんでしたね。

彩子　だって、一〇〇番しか上がんないんだもん。このままだと七十五年以上待たないといけないのよ。

榊原　（神山に）どういうことですか？

神山　「ソウル・リーディング」の順番は、岩波が管理している。あいつの判断だろう。

岩波が入ってくる。

岩波　どうしましたか？（彩子を見つけて）ここで何をしているんだ!?

彩子　あんたが嘘ついたの？

岩波　えっ？

榊原　（彩子に）順番がもっと上がれば、早く帰ってくれますか？

彩子　もちろんよ！　……でも、なんのために？

榊原　もちろん、麻衣ちゃんのためです。

彩子　……分かった。

榊原　神山先生。お願いがあります。

明かり落ちる。

24

明かり変わり、別空間に飛び出てくる芝。

続いて玲菜。

玲菜　落ち着いた？

芝　絶対に嘘だ。何かある。

玲菜　何かって？

芝　何かだよ！

玲菜　……隆太、桜餅が好きだったんだ。知らなかった。

芝　桜餅なんか嫌いだよ。

玲菜　えっ？

芝　何回言っても、おじいちゃん、俺が桜餅が好きだって思い込んでた。本当に好きなのは、苺大福だ。

玲菜　……どんなおじいちゃんだったの？

芝　絶対にカラクリがあるんだ。

玲菜　カラクリ？　違うよ、隆太。神山先生の超能力だよ。

芝　玲菜、この世の中にそんなものはない。マジックかトリックか仕掛けがあるんだ！

玲菜　違うって。先生は超能力者なの。

芝　玲菜。目を覚ませ。

玲菜　えっ？

芝　「宇宙の声」は、陰謀論でカルト宗教だ。お前は完全に洗脳されているんだ。

玲菜　私の言ってること、信じてくれないの？

芝　僕は玲菜が心配なんだよ。

玲菜　えっ。

芝の携帯が鳴り、出る。

編集長が現れる。

芝　はい。

編集長　芝ちゃーん！　やったなあ！　ナイスな体験取材だ！　いよっ、ライターの鏡！

芝　はあ……。

編集長　明日の午後いちまでに、今日のこと、原稿によろしく！　すぐにネットマガジンに上げるから。バズるぞ、これは。

芝　編集長、インチキなんですよ。

編集長　こんな面白いネタ、本物でもインチキでも、どっちでもいいんだよ！　あおれ、あおれ！　今、あの妹の所にＵＳＢの写真、撮りにいってるから。芝ちゃんもじいちゃんの写真、よろしくね！

芝　編集長。

　　編集長、一方的に電話を切る。

芝　……。

玲菜　何？

芝　今日のこと、原稿に書けって。

玲菜　いいじゃないの！　素敵！

芝　素敵じゃない！

玲菜　！（ビクッとする）

芝　玲菜、手伝ってくれ。一緒にカラクリを見つけよう。

玲菜　そんなものないから。

芝　ちくしょう。絶対に見つけてやる。

　　芝、去る。

玲菜　隆太！

　　玲菜、追いかける。

25

　　屋上

　　麻衣と榊原が現れる。

　　二人でステップの練習をしながら、

榊原　今日はママ、絶対に早いからね。

麻衣　そうなの？
榊原　ママの前で歌う？
麻衣　明日にする。
榊原　どうして？
麻衣　まだ納得できないから。もう少し練習して仕上げる。
榊原　気持ちがプロだね。ママ、きっと喜ぶよ。
麻衣　うん。……そしたら、いっくんが好きな人の歌、作ろうね。
榊原　おう。ありがとう。

　　麻衣、遠くを見て、フェンスに飛びつき、伸び上がり、

麻衣　あ、ママだ！
榊原　早いね。
麻衣　（榊原に）ママと話す？
榊原　ううん。じゃあね。
麻衣　さよなら！

　　麻衣、走り去る。
　　榊原、それを幸福そうに見つめる。
　　暗転。

26

ホーム。
神山がいる。彩子が緊張した表情。
岩波がカメラの横。スタッフ1。
玲菜と芝、会員1、2、3がいる。
榊原は（二階のような場所から）見ている。ヘッドセット。

神山　それでは「ソウル・リーディング」を始めよう。
彩子　よろしくお願いします。
神山　誰と話したいのかな？
彩子　娘の麻衣です。
榊原　えっ。
彩子　二ヶ月前に亡くなりました。
榊原　そんな……。
神山　分かりました。麻衣ちゃん、麻衣ちゃん、来てくれるかな？

麻衣が現れる。

麻衣　ママ。ごめんね。ついてきちゃった。

神山　麻衣ちゃん、麻衣ちゃん、来てくれるかな？

麻衣　えっ？　私、ここにいるよ。

神山　麻衣ちゃんはいないのかな？

神山、耳のイヤホンを触る仕種。

岩波、「？」という表情。

神山　麻衣ちゃん。麻衣ちゃん！

麻衣　私、ここにいるよ。

榊原　……来ました。

神山　（彩子に）何を話したいのかな？

彩子　麻衣はいますか？

麻衣　ママ、私はここだよ。

榊原　……。

神山　……いますよ。あなたのすぐ傍です。

彩子　（麻衣のいる方向とは違う方向を見て）……麻衣、ごめんね。本当にごめんね。

麻衣　ママ、どうしたの？

榊原　……ママ、どうしたの。

神山　ママ、どうしたの？

彩子　ママは麻衣のことが嫌いになったんじゃないの。ママ、ちょっとおかしくなってたの。

麻衣、彩子の視線に回って、

麻衣　ママ、おかしくなってたってどういうこと？

榊原　ママ、おかしくなってたってどういうこと？

神山　ママ、おかしくなってたってどういうこと？

彩子　麻衣。ママ、大衆演劇の座長さんにはまってね。ママ、パパに殴られて逃げてきたでしょう。ずっとがんばってたんだけど、だんだん、つらくて淋しくて、その座長さんにすがっちゃったの。ママ、本当にバカだった。

麻衣　知ってたよ。ママ、その人の写真見てニコニコしてたよね。

榊原　知ってたよ。ママ、その人の写真見てニコニコしてたよね。

神山　知ってたよ。ママ、その人の写真見てニコニコしてたよね。

彩子　知ってたの!?　……だから、麻衣、ママは麻衣のことを嫌いになったから家に帰らなかったんじゃないの。ママ、つらくて淋しくて。座長さんの舞台見たら、すべてを忘れられたの。ごめんね。本当にごめんね。

麻衣　ママ、なんで麻衣を見てくれないの？　私、ここだよ。どうして無視するの？

榊原　……。

彩子　許してなんて言えない。でも、麻衣のことが嫌いになったんじゃないってことだけは分かって。

麻衣　ママ、どうしたの？

榊原　……ママ、ママ、どうしたの？

神山　ママ、どうしたの？

麻衣　どうしてこの人は私の言葉を繰り返すの？　ママ、私が見えないの？

彩子　麻衣が死んで、ママも死のうと思ったの。

麻衣　えっ？

彩子　あの屋上に行ったの。でも、できなかった。ママ、臆病だからできなかった。ごめんね。本当にごめんね。

麻衣　死んだ……？

榊原　……。

彩子　麻衣、どうして死んだの？　麻衣……

麻衣　死んだ……死んだ……嘘だ！

麻衣、走り去る。

榊原、思わず（二階から）身を乗り出して叫ぶ。

榊原　麻衣ちゃん！

神山　麻衣ちゃん！

榊原の声に、玲菜、芝、岩波達が榊原を見つける。
榊原、そのまま、ヘッドセットを外して、麻衣を追いかける。

彩子　えっ？　なんですか？

神山　……いや、なんでもない。

岩波　さあ、続けて下さい。

彩子　……麻衣、どうしてあの屋上だったの？

神山　それは……（イヤホンを触る）

彩子　あのマンションにお友達がいたの？　それは誰？

神山　それは……（突然）おおおおおおあああああ！（泣き崩れる）

岩波　先生！（駆け寄る）

神山　おおおお！　悲しい！　悲しい！

彩子　麻衣！　ごめんね、麻衣！

神山　おおおあああぐぐぐあああ！！

岩波　先生！　大丈夫ですか!?

神山　おおおおぐぐぐわわわあああ！

岩波、神山を連れて去る。
大混乱になるホーム。

暗転。

27

公園。

榊原が現れる。

榊原　麻衣ちゃん！　麻衣ちゃん！　どこ！　麻衣ちゃん！

反応はない。

榊原の電話が鳴る。

表示を見て、驚く。

榊原　もしもし。どうしたの？

玲菜が現れる。

玲菜　ごめんなさい。忙しかった？

榊原　ううん。どうしたの？

玲菜　今日、「宇宙の声」にいましたよね。

榊原　え？

玲菜　ちらっと、榊原さんが見えました。

榊原　そっか。

玲菜　……何してたんですか？

榊原　えっ。……どうして？

玲菜　えっ？

榊原　どうしてそんなこと聞くの？

玲菜　ごめんなさい。私、神山先生と「宇宙の声」のこと、とにかく知りたいんです。一生懸命、勉強してるから。

榊原　……アシスタントはどう？

玲菜　まだ全然ダメだけど、少しずつ言葉も共通語になってきました。

榊原　自信、ついてきた？

玲菜　全然。でも、感謝のメール、いっぱいもらうんです。私の名前を書いてくれてる人もいて。私、人から感謝されたことなんてなかったから、すごく嬉しくて。

榊原　楽しい？

玲菜　すごく楽しい。なんか、生まれて初めて、生きてていいんだって思ってます。こんな言い方、変ですよね。

榊原　全然。玲菜ちゃんの母親、ずっと玲菜ちゃんを否定し続けたからね。良かった。本当に良かった。

玲菜　榊原さんには本当に感謝してます。

榊原　だって、僕は玲菜ちゃんのために人間になったんだからね。

玲菜　本当にごめんなさい。こんな私のために。

榊原　そんな言い方しちゃ、ダメ。

玲菜　はい。

榊原　（決意して）玲菜ちゃん。あのね、僕と、

玲菜　榊原さんは、先生のために働いてるんですか？

榊原　え、まあ……。

玲菜　重要な仕事？　元天使と何か関係があるんですか？

榊原　どうして？

玲菜　今日、榊原さん、突然、麻衣ちゃんって叫んだでしょう。まるで、

榊原　まるで？

玲菜　麻衣ちゃんが見えてたみたいに。

榊原　……。

玲菜　先生のために、何をしてるんですか？　私だけにこっそり教えてくれませんか？

榊原　……。

玲菜　お腹空きません？　なんか食べに行きましょう。元天使の好物って何ですか？

榊原　どうして？

玲菜　えっ？
榊原　どうして急にそんなこと言うの？
玲菜　だから、先生のためです。さあ、行きましょう。

玲菜、榊原の手を取る。

榊原　三七度八分。
玲菜　えっ？
榊原　どうしてこんなに体温高いの？　玲菜ちゃん、異常にドキドキしてる？
玲菜　だって、榊原さんと食事に行くんだから、興奮しますよ。
榊原　それは嘘だよね。
玲菜　ちょっと風邪気味かな。コホンコホン。
榊原　……あいつに頼まれたの？
玲菜　あいつ？　誰のことです？
榊原　どうして分からないの。あいつは玲菜ちゃんを不幸にするだけだよ。あいつは、自分の記事のことしか考えてないんだから。
玲菜　……何、言ってるか全然分かりません。さあ、美味しいもの、食べに行きましょう!!
榊原　ごめん。

榊原、走り去る。

玲菜　榊原さん！

　　芝が現れる。

芝　……なかなか、口を割らないか。

玲菜　ごめんなさい。

芝　いや、あいつは何か隠してる。それは間違いない。

玲菜　……あの人ね、

芝　何？

玲菜　元天使なの。

芝　……なんの冗談？

玲菜　私を助けてくれた元天使なの。

芝　（信じてない）そうか。

　　芝の携帯が鳴る。

芝　（表示を見て）ちょっとごめん。（出る）どうした？

　　村井毅が出てくる。

村井　芝さん。住民の人がやってきて、地元のイメージが悪くなるから、もう「こども食堂」を開催するなって。メンバーがすごく興奮してて、

芝　分かった。すぐに行く。

電話を切る芝。

芝　ごめん。仕事だ。明日のソウル・リーディングも見学できるように申し込んどいてくれ。

芝、去る。

玲菜　……。

玲菜、去る。

28

屋上。
榊原が出てくる。

榊原　麻衣ちゃん！　麻衣ちゃん！

電話が鳴る。
表示を見て、一瞬ためらい、出る榊原。
神山が出る。

榊原　はい。
神山　引き受けた以上、最後まで責任を持ってもらいたいな。
榊原　……すみませんでした。
神山　榊原君が私に協力することは、絹田君を助けることなんだからな。
榊原　……。

神山　二度と今日みたいなことはやらないように。

榊原　はい……。

神山　それでは明日。

　　電話を切る榊原。

　　神山、去る。

榊原　麻衣ちゃん。麻衣ちゃん！

　　辺りを見回す。

　　と、彩子が現れる。

榊原　！

彩子　……どういうこと？　あなたは何をしているの？

榊原　え……いや……。

彩子　どうして屋上で麻衣の名前を叫んでるの？

榊原　……信じてもらえるか、どうか。

彩子　何？

榊原　僕、麻衣ちゃんと話せるんです。

彩子　私だって、いつも心の中で麻衣と話してるわ。許してほしいって。

榊原　いえ、そうじゃなくて、
彩子　そんなに私が憎い？
榊原　えっ？
彩子　私のこと、許せないって思ってるのよね。だから、麻衣が死んだ後でも、早く帰れって。罪滅ぼしよね。
榊原　いや、そうじゃなくて、
彩子　私も私が許せないから。
榊原　……。
彩子　あなた、麻衣と公園で会ったって言ったよね。
榊原　ええ。
彩子　麻衣と仲よかったの？
榊原　ええ。まあ……
彩子　麻衣を思い出して、この屋上に来たんでしょう？
榊原　いえ、僕は、本当に麻衣ちゃんと話せるんです。
彩子　もういいから。もう私を責めないで。
榊原　……ここから、いつも、ママが帰ってくるのを見ていたと言ってました。
彩子　え？

　榊原、手すりに近づき、

榊原　駅から伸びる道がずっと見えるから。ここでママを待って、帰ってくるのが見えたら、駆け下りたって。

彩子　……。

榊原　途中の公園で待ったり、この屋上で待ったり。家で一人、待つのは好きじゃないって言ってました。

彩子　……私、あの子のこと、なんにも知らない。

榊原　……。

彩子　今日、先生が「あなたの娘さんの魂は呼び出せない」って言ってくれないかって期待してたの。

榊原　えっ？

彩子　でも、先生はあの子と話した。それってつまり、

榊原　つまり？

彩子　あの子は成仏できずにさまよっているってことでしょう。

榊原　いや、それは……（否定できない）

彩子　何か心残りがこの世にある。だから、天国に行かないでさまよってるのよね。……あの子、私を恨んでるの。

榊原　恨んでなんかないですよ。麻衣ちゃん、そんなこと一言も言ってなかったですから。

彩子　麻衣に会いたい……。

　　彩子、手すりに顔を埋める。肩が震える。

　　暗転。

29

悪魔センサーの鳴る音が聞こえてくる。

どんどんと数が増し、音量も大きくなる。

「ショッピング・コーナー」の映像が映る。

玲菜　ビッグニュースです！　悪魔センサーが鳴ってもどうしようもないと諦めていたみなさん！　悪魔と戦いたいのにどうしたらいいのかと苦しんでいたみなさん！　ついに、神山先生が希望の光をお創りになられました！　その名も「悪魔ワクチン」！　これをごくごくと飲めば、なんと、悪魔はあなたに近づけなくなります！　また、悪魔と戦いたい場合は、これをスプレーにして、悪魔にシュッ！　これで、悪魔を撃退できます。いよいよ、来週より出荷！　現在、絶賛、予約を受け付けておりますばい、です！

映像が終わると、神山が「ソウル・リーディング」をしている。

父親と死んだ登山服姿の息子。それを見ている岩波、玲菜、芝、会員2、カメラにはスタッフ3。

別空間（高み）で言葉を繰り返している榊原。

会話が続くなか、岩波がカメラの傍を離れて、歩いている。同時に、玲菜も辺りを伺いながら進んでいく。

父親　息子はなんて言ってますか？

息子　僕は引き帰そうって言ったんだ。

榊原　僕は引き帰そうって言ったんだ。

神山　僕は引き帰そうって言ったんだ。

父親　ええっ！

息子　でも、リーダーの篠山《しのやま》さんが絶対に大丈夫だって。

榊原　でも、リーダーの篠山さんが絶対に大丈夫だって。

神山　でも、リーダーの篠山さんが絶対に大丈夫だって。

父親　いや、だって、篠山さんは、お前が勝手に進んでいったと言ったぞ。

息子　だから、それを父さんに伝えたくて。

榊原　だから、それを父さんに伝えたくて。

玲菜、離れた場所で話している榊原を見つける。

玲菜　榊原さん。

榊原　えっ!?

神山　だから、それを父さんに伝えたくて。

え⁉

父親　ヨシオ、どうした？

玲菜　何してるんですか？

榊原　しーっ。

神山　しーっ。

父親　何がしーっなんだ？　言っちゃいけないことがあるのか？

息子　何もない。篠山さんのひどさを父さん、今すぐ暴いてほしい。

岩波も榊原を見つける。

岩波　榊原、ここで何をしているんだ？

榊原　今はダメ。

神山　今はダメ。

父親　何がダメなんだ？

玲菜　何がダメなんですか？

榊原　（玲菜と榊原に）あとあと。何もない。篠山さんのひどさを父さん、今すぐ暴いてほしい。

神山　あとあと。何もない。篠山さんのひどさを父さん、今すぐ暴いてほしい。

父親　あとあと、なのか？　今すぐなのか？　どっちなんだ？

岩波　お前は何をしているんだ！

榊原　叫んじゃダメ！

神山　叫んじゃダメ！

父親　叫んだか？　父さん、叫んだのか？

岩波　説明しろ。今すぐ説明しろ！

　　岩波、榊原に摑みかかる。

榊原　やめろ！　今はダメだ！　やめるんだ！

神山　やめろ！　今はダメだ！　やめるんだ！

父親　ヨシオ、何をやめるんだ？

息子　篠山さんと今すぐ話したい。

榊原　やめろ！　あとで話す！　篠山さんと今すぐ話したい。

神山　やめろ！　あとで話す！　篠山さんと今すぐ話したい。

父親　ヨシオ！　どうしたんだ？　あとなのか⁉　今すぐなのか⁉

岩波　榊原！　お前は何をしてるんだ！

　　榊原、走り去る。

岩波　待て！

玲菜　榊原さん！

追いかける二人。

神山　（イヤホンを触って）…ん？　ん？

父親　ヨシオ、どうした？

息子　父さん！

父親　どうしたらいい？　篠山さんをここに呼べばいいか？

息子　そう！

父親　他は誰を呼べばいい？

神山　……おおおおおおああああああ！

（泣き崩れる）

父親　ヨシオ──！

息子　（叫ぶ）

暗転。

30

神山の部屋。
神山に岩波が迫っている。

岩波　先生！　どういうことなんですか？

神山　岩波には黙っていたが、私の体は限界に近づいている。だから、一時的に「ソウル・リーディング」を榊原君に頼んだのだ。

岩波　頼んだ!?　何をおっしゃってるんですか!?　だいいち、どうして、あいつが「ソウル・リーディング」ができるんですか？

神山　それは……私の能力を榊原君に渡したのだ。

岩波　渡した？

神山　「ソウル・リーディング」は、激しいエネルギーを必要とする。だから、榊原君に渡した。

岩波　なぜ、なぜあいつにお渡しになったのですか!?　なぜ私じゃないんですか!?

神山　「ソウル・リーディング」をおこなうには、向き不向きがあるのだ。私はもちろん、まずお前に渡そうとした。だが、お前の波動と「ソウル・リーディング」は合わなかった。

岩波　合わなかった……。

神山　安心しろ。「ソウル・リーディング」は私がずっとやる。榊原君は、表には出てこない。今までと同じだ。

岩波　先生が、あいつの力を借りるんですか!?

神山　借りるんじゃない。私に尽くしてもらうのだ。

岩波　私は反対です。もう、事前調査に戻しましょう。一ヶ月に三人は調べますから！

神山　ダメだ。悪魔ワクチンを一気に売るためには、今が勝負だ。

岩波　私は納得できません！　先生を助けるのは、私の仕事です。あいつではありません！

神山　岩波、下がれ。

岩波　先生！

神山　下がれ！

岩波、走り去る。

神山　……。

別空間に玲菜と芝が現れる。

（神山は去る）

芝　どういうことだ？

玲菜　だから、榊原さんが死んだ息子さんの声を聞いていたの。

芝　あいつが先生に指示を出してたのか？　まったく分からんぞ。

玲菜　榊原さんは、元天使なの。だから、きっと死んだ人の声も聞けるんだと思う。

芝　……。

玲菜　元天使は超能力があるの。相手の体温を計ったり、

芝　玲菜。お願いがある。

玲菜　何？

芝　神山先生にインタビューしたい。取り次いでくれないか。雑誌社が申し込んだが断られた。

玲菜　インタビュー。

芝　玲菜が信じている人の話を記事にしたいんだ。

玲菜　隆太、先生の話、聞きたいの？

芝　玲菜が信じてるのなら。

玲菜　隆太。

芝　それから、もうひとつ。

玲菜　何？

芝　発売前の「悪魔ワクチン」が欲しい。

玲菜　えっ？　どうして？

芝　記事にするために、発売前に試したいんだ。僕の周りにも悪魔がたくさんいるから。

玲菜　隆太も？　最近、悪魔センサー、よく鳴るよね。

芝　お願いだ。手に入れて欲しい。

玲菜　……。

芝　食事に行こうか。

玲菜　え、うん。

二人、去る。

31

屋上。

榊原が出てくる。

榊原　麻衣ちゃん！　麻衣ちゃん！

反応はない。

と、麻衣が現れる。

麻衣　……知ってたの？

榊原　えっ？

麻衣　私が死んでたこと。

榊原　……ううん。知らなかった。

麻衣　私も知らなかった……。

榊原　……。

麻衣　ママ、私が見えないんだよね。

榊原　うん。

麻衣　無視するの当たり前だよね。

榊原　……。

麻衣　私、どうして天国、行かないのかな？

榊原　麻衣ちゃん。どうして、その、屋上から飛び下りたの？

麻衣　飛び下りた？

榊原　そう。どうして？

麻衣　私が？　それ、自殺ってこと？

榊原　そうだよ。ここから。

麻衣　……私、自殺したの？

榊原　うん。

麻衣　信じらんない……。

榊原　えっ？

麻衣　……全然、覚えてない。

榊原　……。
麻衣　……いっくん。
榊原　えっ？
麻衣　これから私、どうしたらいいの？
榊原　……ママに言いたいこと、なんかあるんじゃない？
麻衣　えっ？
榊原　麻衣ちゃんが天国に行かないのは、まだ、気持ちがここに残っているからだと思うんだ。
麻衣　気持ちが残ってる？
榊原　なんか、ママに言いたいことがあるんじゃない？　だから、その、この世にいるんだと思う。
麻衣　言いたいこと……
榊原　僕なら、ママに伝えられるから。
麻衣　えっ？
榊原　麻衣ちゃんの言葉をママに伝えられるから。
麻衣　……伝えたら、私、この世から消えるのかな。
榊原　……そうだね。

麻衣、走り去る。

榊原　麻衣ちゃん！

榊原、追って去る。

32

ホーム。

生配信がおこなわれている。

カメラにスタッフ1。周りにスタッフ2、3。玲菜と神山、見ている岩波。

玲菜　今日の「ソウル・リーディング」も素晴らしかったですね！　四日連続の先生の奇跡に、日本中が感動の嵐です！

神山　照れるなあ。

玲菜　人々の期待と祈りを受けて、「悪魔センサー」、なんと一三万台突破しました！

神山　人類の輝かしい未来のために！

玲菜　さあ、これが、話題沸騰、来週発売の「悪魔ワクチン」です。現在、予約三千本を突破しました！

神山　あなた自身の世界のために、悪魔と戦え！

玲菜　絶賛、予約受け付け中です！　メール、お電話、お待ちしておりますばい、です！

　　音楽、盛り上がり終わる。

岩波　はい。終了です。お疲れさまでした。

玲菜・スタッフ　お疲れさまでした。

神山　お疲れさま。

　　女性スタッフ２が「悪魔ワクチン」を見ながら、

スタッフ２　岩波さん。「悪魔ワクチン」今すぐ買いたいです！　最近、悪魔センサー、よく鳴るんです。

スタッフ３　私も！　周りは悪魔だらけです！

　　と、スタッフ１のポケットにある悪魔センサーが鳴り始める。
　　軽くパニックになるスタッフ達。

スタッフ１　（悪魔センサーを取り出して）悪魔です！　悪魔がいます！

岩波　大丈夫だ。最近、悪魔センサーの感度を先生が上げられたんだ。

神山　上げました。悪魔はこの部屋じゃない、外にいるよ。

スタッフ２　岩波さん、早くワクチン、売って下さい。

岩波　これは、ダミーだよ。本物は貴重だからね。

玲菜　本物はどこにあるんですか？

岩波　地下倉庫で出荷を待ってるよ。

神山　絹田君、話があるんだ。ちょっと来てくれないか。

玲菜　はい。

　　神山、玲菜を導く。
　　それを見つめる岩波。
　　そこは、神山の部屋になる。

神山　榊原君の秘密を知ったんだね。

玲菜　えっ……すみません。

神山　謝ることはない。私は「ソウル・リーディング」を続けて、寿命を削ってしまった。このまま続けると、半年も持たない。

玲菜　半年!?

神山　だが、宇宙の意志は、死者の声を聞くことができる榊原君を我々に遣わした。これこそが我々が聞いた「宇宙の声」だ。

玲菜　はい。

神山　「宇宙の声」が人類を幸福にするためには、榊原君は必要なのだ。

玲菜　はい。

神山　だが、榊原君は、あと三回で死者の声を聞くことをやめると言っている。

玲菜　え⁉　どうしてですか⁉

神山　榊原君は、「宇宙の声」の崇高な使命をまだ理解していないのだ。

玲菜　そんな……

神山　今、悪魔センサーと悪魔ワクチンが爆発的に売れているのは、毎日、奇跡を続けているからだ。

玲菜　はい。そう思います。

神山　悪魔センサーと悪魔ワクチンを日本中に広げるためには、奇跡を止めてはならない。そのためには、私が「ソウル・リーディング」を再開するしかない。だが、そうすれば私は、

玲菜　ダメです。先生のお体が一番、大切です！

神山　ありがとう。……榊原君は、君のことが好きだと知っているね。

玲菜　えっ……。ええ。

神山　「宇宙の声」のために、榊原君の恋人になってくれないか。

玲菜　恋人……。

神山　そして、「宇宙の声」のために働いて欲しいと説得してもらいたい。

玲菜　私は……

神山　好きな人がいる。分かっている。だが私のために、「宇宙の声」のために、人類の未来のために、榊原君を好きになってくれないか。頼む。この通りだ。

神山、土下座する。

玲菜　先生！　やめて下さい！　私みたいな人間に、そんなことしないで下さい！

神山　君にどれほどひどいことを頼んでいるか。私はよく分かっている。だから、こうしたいのだ。こうするしかないのだ。

玲菜　先生……。

神山　神山秀雄、魂をかけてのお願いだ！

暗転。

33

明かりつくと、彩子が公園のベンチに座っている。

彩子　……麻衣、どこにいるの？

麻衣が現れ、彩子の横に座る。

麻衣　ママ、今日は早いんだね。

彩子　麻衣……。

麻衣　ママが早く帰ってきてくれると、麻衣、すごく嬉しかった。

彩子　麻衣、麻衣に会いたい。

麻衣　早く帰ってきてくれた時、宝探しゲームやったでしょう。ママがキャンディーをいろんな所に隠して。枕の下とかコップの中とかテレビの後ろとか。麻衣、宝探しゲーム、大好きだった。

彩子　麻衣、ママを許して。

麻衣　全部、見つけたら、ママ、うんとほめてくれた。本当に嬉しかった。

彩子　ママは本当にバカだった……。

麻衣　この公園で遊んだこともあったよね。「色鬼」したよね。ママ、みどり探して逃げ回って、麻衣が追いかけてタッチした。本当に楽しかった。

彩子　麻衣が生きている時、ママ、麻衣のこと、忘れよう忘れようとしてた。麻衣が死んで、ママ、麻衣のことばっかり考えてる。

麻衣　ママのご飯、美味しかった。ママのオムライス、大好きだった。

彩子　麻衣を失って初めて、私、自分の愚かさに気付いた。……もう取り返しがつかない。

麻衣　一緒に水族館に行きたかったよね。動物園にも行きたかったなあ。ディズニーランドにももう一回行きたかった。

彩子、立ち上がり、フラフラと歩いていく。

見送る麻衣。

明かり落ちる。

34

道。
明かり変わり、榊原が歩いている。
玲菜が登場。

玲菜　榊原さん。

榊原　あ、玲菜ちゃん。

玲菜　今、時間ありますか？

榊原　えっ？　いや、何？

玲菜　榊原さん。私とつきあってください。

榊原　は？

玲菜　私のこと、好きでしょう？

榊原　え、いや、それは、

玲菜　好きでしょう。

榊原　はい。

玲菜　じゃあ、つきあいましょう。

榊原　どうしたの？

玲菜　さあ、ホテル、行きましょう。

榊原　えっ⁉　ホテル？

玲菜　ホテル、行きたくないの？

榊原　いや、それは、

玲菜　元天使は性欲ないの？

榊原　いや、元天使でも人間だから。

玲菜　じゃあ、行こう。私、あんまりおっぱいないけどいいよね。えっ？　ダメ？　ダメなの？

榊原　待って。そんなこと一言も言ってないよ。

玲菜　グダグダ言わなくていいから、ホテル行こう。

榊原　ちょっと待って。ムードもなにもないじゃない。

玲菜　そんなもの、いらない！

榊原　いるよ。ムードはいるよ。まず、食事しようよ。

玲菜　食事なんかいらない！　ホテル行こう！　やろう！　恋人になろう！

榊原　……どうしたの？

玲菜　なに？

榊原　玲菜ちゃん、変だよ。

玲菜　いっちょん、変やなかばい！　うち、ちかっぱ普通。しゃあ、ホテル、行こう！　ホテル行って、とっととやるばい！

榊原　玲菜ちゃん。なんかヤケになってる？
玲菜　ホテル、いくばい！
榊原　玲菜ちゃん！
玲菜　……うち、どげんしたらよかか分からん。うち、どげんしたらよかと。
榊原　玲菜ちゃん、何があったの。
玲菜　なんもなか。
榊原　嘘。何があったの！
玲菜　……神山先生に頼まれた。榊原さんとつきあってくれって。
榊原　え⁉　神山先生がそんなことを。
玲菜　私、真剣に考えた。考えて分かった。
榊原　なに？
玲菜　私、隆太が好き。どうしようもなく隆太が好き。私のことなんか全然好きじゃないって分かってる隆太が好き。私ってバカ。ものすごくバカ。でも、隆太が好き。
榊原　……。
玲菜　だから、榊原さん。ホテル、行こ。

榊原、走り去る。

玲菜　榊原さん！　……うち、どげんしたらよかと。

玲菜、走り去る。

35

ホーム。神山の部屋

神山と榊原、岩波がいる。

神山 やらない⁉　どういう意味だね？

岩波 榊原！

榊原 「ソウル・リーディング」はもうやりません。お終いです！　あなたは玲菜ちゃんを傷つけているだけです！　救済でもなんでもない。

神山 分かった。中止にしよう。

岩波 先生！

神山 岩波、中止の理由を、絹田君に伝えてくれるか。絹田君に言われたことで榊原君が怒って、今日は中止だと。

榊原 なんですって⁉

神山 やれやれ。一番、絹田君を追い込んでいるのは誰なのかな？

榊原　ちょっと待って下さい。

神山　自分のせいで、「ソウル・リーディング」が中止になったと知ったら、絹田君、何をするか。真面目な子だけに心配だなあ。

榊原　……。

榊原、出て行く。

岩波　榊原！

神山　大丈夫だ。彼は今日もやるよ。

岩波　先生。仕切り直しましょう。私が責任もってなんとかしますから。

神山　分からんのか。「宇宙の声」は今が一番大切な時期なんだ。

岩波　しかし、

神山　岩波、あの男を呼べ。

岩波　あの男？

芝が登場。

芝　ありがとうございます。急に面会を許可していただいて、驚いています。

神山　私にインタビューしたいと。

芝　はい。雑誌で特集を組んで、やがては、一冊の本にさせていただければと思っています。

岩波　ご自分の祖父と話せたのに、あなたの記事は、先生の能力に納得していませんね。
芝　超能力かインチキかは、読者が判断することです。だからこそ、読者の関心が高まっているんです。独占インタビュー、お願いします。
神山　いいでしょう。
岩波　先生！
芝　ありがとうございます。
神山　ただし、条件があります。
芝　条件？
神山　あなたは絹田玲菜さんのことはもう愛していないのに、彼女を利用するために気のある振りをしている。
芝　は？　なんの話ですか？
神山　絹田君、あなたに会って欲しいと私に必死で頼みましたよ。その顔を見せたかったですね。
岩波　そんなことを……（していたのか）
芝　いや、それは、
神山　あなたには新しい恋人がいるのに。
芝　えっ。
神山　人の心をもてあそんでいると、地獄に落ちますよ。
芝　……。
神山　絹田君のあなたへの思いを断ち切って下さい。それが条件です。
芝　えっ？

神山　絹田君が君を完全に嫌いになるようにして下さい。そうすれば、独占インタビューに応じましょう。

芝　……分かりました。

　芝、去る。
　と、入れ代わりに彩子がしれっと入ってくる。

彩子　（芝に）お疲れさまでした。森川彩子です。失礼します。はい、どうぞ。なんでしょう？

岩波　勝手に入るな！

彩子　先生！　もう一回、もう一回だけ、麻衣と話させて下さい。

岩波　（外に向かって）おい、誰か！

彩子　肉じゃがと麻婆豆腐とロールキャベツとお煮つけを作ってきました。全部、自信作です。

　麻衣が入ってくる。
　彩子をじっと見ている。

岩波　はやく出て行け！

彩子　どうぞ！　食べて下さい。だから、お願いです！　麻衣ともう一度だけ、もう一度だけ話させて下さい。

岩波　二回もできるわけないだろう！　順番を飛ばされた会員はみんな怒ってるんだよ。受けたかったら、もう一回、申し込め！

彩子　あと八〇年も待てるはずがないでしょ！　私は麻衣と話したいんです！

スタッフ1、4、走ってくる。

岩波　とっとと、連れ出せ！

スタッフ1　さあ、

スタッフ4　出て行くんだ。

彩子　麻衣と話させて下さい！

麻衣　（神山に）私、ここにいるよ！　ママに伝えて。

彩子、暴れながら連れ出される。

麻衣　（神山に）ねえ、私が見えないの？

麻衣、諦めて部屋を出ようとする。

岩波　先生。榊原に頼るの、やめてくれませんか。

麻衣、その名前にふと足が止まる。

神山　岩波、くどいぞ。

岩波　悪魔ワクチンは、予約が五千本になりました。もう日本をパニックにするには充分です。

神山　目標は五万本、同時出荷だ。

岩波　五万本!?　先生、そんなにウィルスをまき散らしたら、日本は大変なことになりますよ。

神山　岩波。私が言ったことを忘れたのか。十四世紀、ペストによってヨーロッパの人口の三分の一、三千万人が死んだ。その結果、何が起こったか。

岩波　それは……

神山　中世社会が崩壊し、近代社会に移行するきっかけになった。悪魔ワクチンはこの国を変えるんだよ。

岩波　いや、しかし、あまりに死者が多いと、

神山　では、榊原君にずっと働いてもらわないとな。

岩波　先生！

神山　「ソウル・リーディング」の時間だ。

神山、去る。
岩波も追いかける。
見つめる麻衣。
暗転。

36

屋上。

彩子が立っている。

手すりを乗り越えようとする。

榊原が現れて、慌てて止める。

榊原 何するんですか！

彩子 放して！　私は死ぬんだから！

榊原 ダメですって！

彩子 麻衣に会いにいくの！　会って、謝るの！

榊原 死んだら意味がないです！

彩子 もう私の人生は意味なんてないの！

と、麻衣が現れる。

麻衣　ママ！
榊原　ほら、麻衣ちゃんが呼んでます！
彩子　だから、死ぬのよ！
麻衣　ママ！
榊原　違います！　その呼んでるじゃないです！
彩子　何言ってるの⁉
榊原　そこで麻衣ちゃんが呼んでるんです！　麻衣ちゃんがそこにいるんです！
彩子　もう私を責めないで！
榊原　責めてないです！
麻衣　ママ、私、ママのこと、うらんでなんかない！
榊原　ママ、私、ママのこと、うらんでなんかないって言ってます！
彩子　気休めはいいの！
麻衣　毎晩、遅くまで働かなきゃいけないのも分かってた。
榊原　毎晩、遅くまで働かなきゃいけないのも分かってたって言ってます！
彩子　もういいの！
麻衣　朝からお弁当屋さんで働いて、夜は居酒屋さんで働いてて、大変だなって思ってた。
榊原　朝からお弁当屋さんで働いて、夜は居酒屋さんで働いてて、大変だなって思ってたって言ってます！
彩子　嘘！　そんなこと、麻衣は一言も言ってない！
麻衣　淋しかったから。ママにそばにいてほしかったから。だから、言えなかった。私、子供みたいにすねてた。

榊原　淋しかったから。ママにそばにいてほしかったから。だから、言えなかった。私、子供みたいにすねてた。（麻衣に）いや、君は子供だ！

麻衣　だから、ママが夜中に、「菊太郎さん」って寝言言ってるのを聞いて嬉しかった。

榊原　だから、ママが夜中に、「菊太郎さん」って寝言言ってるのを聞いて嬉しかった。

彩子　えっ。

麻衣　私、誰だろうって調べた。『いのち座』の近江菊太郎《おうみきくたろう》って人だった。すっごく綺麗な人だった。

榊原　私、誰だろうって調べた。『いのち座』の近江菊太郎って人だった。すっごく綺麗な人だった。

彩子　そんな……

麻衣　ママ、スマホで菊太郎さんの写真見てる時、本当に嬉しそうな顔してた。ママの嬉しそうな顔を見てるのが嬉しかった。

榊原　ママ、スマホで菊太郎さんの写真見てる時、本当に嬉しそうな顔してた。ママの嬉しそうな顔を見てるのが嬉しかった。

彩子　麻衣、麻衣なの!?　ここにいるの！

榊原　それをさっきからずっと言ってるんです。

麻衣　ママ！

彩子　でも、私を恨んでるからここにいるんでしょう。だから、ここから飛び下りたんでしょう？

麻衣　飛び下りた？

彩子　あの日。「近江菊太郎新春七変化恋祭《こいまつり》四日市公演」の日。私、麻衣をほったらかして、泊まり込みで公演を見てた。二日目の夜、麻衣はここから飛び下りたのよ。私が一日、家をあけたことを悲しんで、私を恨んだからでしょう。

麻衣　私、なんにも覚えてない。

榊原　麻衣ちゃん。その夜のこと、どこまで覚えてる？

麻衣　……私、ママを公園で待って、その後、この屋上で待って。ずっと待って。

榊原　……私、ママを公園で待って、その後、この屋上で待って。ずっと待って。

彩子　……。

麻衣　駅から出てくるママを見たくて、

榊原　駅から出てくるママを見たくて……どうした？

麻衣　どうした？

榊原　！　麻衣ちゃん。もっとよくママを見ようとしたら、どうする？

麻衣　どうって……こうやって手すりに近づいて、

榊原　それで？

麻衣　伸び上がって、

榊原　それだ！　麻衣ちゃん、ママをよく見ようとして手すりから乗り出して落ちたんじゃない？

麻衣　えっ？

彩子　えっ？

榊原　だから、自殺したっていう記憶がないんだよ。だって、自殺じゃないんだから。事故なんだから。ママをよく見たいって伸び上がった事故なんだから。

麻衣　……そうだ。思い出した。うん。駅から出てくるママを探して乗り出して、

彩子　ほんとなの？　ほんとにそうなの？

麻衣　うん。
榊原　うん。
彩子　……私が近江菊太郎さんの公演を見なかったら、麻衣は死ななかったのね。ごめんね。本当にごめんね。

彩子、手すりを乗り越えようとする。

榊原　何するんですか！
麻衣　ママ！

榊原、彩子を止める。

彩子　私は生きてちゃいけないの！
麻衣　ママ、私はママのことうらんでないよ。
榊原　……麻衣ちゃん。ママに言いたいことがあるんだよね。
麻衣　えっ？
榊原　ママのことうらんでないのに、この世に残っているってことは、何か心残りがあるからだよね。何？　したかったことは何？　言いたかったことは何？
麻衣　……ママを元気づけたいと思ったの。
榊原　ママを元気づけたい？

麻衣　ママ、いつも疲れてたから。
榊原　それって、ひょっとして、歌？
麻衣　そう。いっくんと一緒に作った歌。
榊原　歌でママを元気づけようとしたのね。
麻衣　うん。
彩子　えっ。
榊原　歌おう。ママに歌をプレゼントしよう。
麻衣　えっ、でも、ママは私の声、聞こえないんでしょう。
榊原　僕が伝えるから。同時に伝えるから。
麻衣　……分かった。
榊原　森川さん。今から麻衣ちゃんが作った歌を歌います。麻衣ちゃん、ここにいます。聞いて下さい。
彩子　麻衣が……。
榊原　麻衣ちゃん。
麻衣　いくよ。ワンツースリーフォー！
榊原　（重ねて）スリーフォー！

麻衣、アカペラで歌いだす。
榊原も追いかけて同じメロディー。

麻衣　ママ　泣かないで　ママ　元気を出して
榊原　ママ　泣かないで　ママ　元気を出して
麻衣　ママの笑顔は私のエネルギー
榊原　ママの笑顔は私のエネルギー
麻衣　やさしくて　いい匂い
榊原　やさしくて　いい匂い
麻衣　いつもあかるい　ママ
榊原　いつもあかるい　ママ

やがて、伴奏も聞こえてくる。
サビは麻衣と榊原が同時に歌う。

麻衣・榊原　ママのそばにいるだけで
笑顔があふれてくる
いつも迷惑ばかりかけて　ごめんなさい
ずっと一緒だよ
ママ　大好き　大好き
ママ　大好き　大好き

伴奏が盛り上がり二番が始まる。

天使１・２が登場して、コーラスとして参加する。

麻衣・榊原・（天使１・２）　ママ　ありがとう　ママ　わたしのために
ママの言葉はすてきな宝物
たのしくて　げんきで
いつもガンバルママ
ママの笑顔を見るたびに
こころがやさしくなる
いつも心配ばかりかけて　ごめんなさい
ずっと一緒だよ
ママ　大好き　大好き
ママ　大好き
ママ　大好き　大好き
ママ　大好き

歌い終わり、榊原と麻衣、ハイタッチする。

彩子　……この歌を麻衣が。

榊原　はい。麻衣ちゃんが作りました。あ、ふりつけも麻衣ちゃんです。

二人の天使が麻衣の手を取る。
音楽がそのまま盛り上がり、麻衣、去っていこうとする。

榊原　森川さん。麻衣ちゃん、今、天国にいきます。
彩子　えっ⁉
榊原　ここです！　ここにいます。天国にいきます。
彩子　麻衣。
麻衣　あ。（と、止まる）
榊原　何？
麻衣　ママ、「クマのぷーさん」の絵本読んでくれたでしょう。
榊原　ママ、「クマのぷーさん」の絵本読んでくれたでしょう。
麻衣　あの中に大好きな言葉があるの、思い出した。
榊原　あの中に大好きな言葉があるの、思い出した。
彩子　何？
麻衣　さよならを言うのがこんなにもつらい相手がいるなんて、僕はなんて幸せなんだろう。
榊原　さよならを言うのがこんなにもつらい相手がいるなんて、僕はなんて幸せなんだろう。
彩子　麻衣。
麻衣　ママ。ありがとう。
榊原　ママ。ありがとう。

麻衣、天使に引かれて去ろうとする。

麻衣　あ、ちょっと待って。（止まる）

榊原　あ、ちょっと待って。えっ？

音楽、止まる。

麻衣　あの先生、ウィルスとか死ぬとか言ってた。なんか、ヤバイ感じ。

榊原　ヤバイ感じ……。

麻衣　これでホントにさよなら。

音楽、再び始まる。

麻衣　じゃね。

榊原　これでホントにさよなら。じゃね。

彩子　麻衣。

麻衣、天使に付き添われて昇天する。

榊原、天を示す。彩子、その方向を見つめる。

同時に神の映像がどーんと現れる。

（彩子には見えない）

神（映像）　元天使番号Dα32895。一人の人間を本当に救ったな。それでは、天使に戻してやろう。

榊原　神様！　……一日、待って下さい。最後に人間としてやりたいことがあります！

榊原、去る。

彩子は空を見上げている。

暗転。

37

道。

芝と玲菜がいる。

玲菜　ここ数日、先生と岩波さんがよく怒鳴り合ってる。外まで声が聞こえるの。

芝　そうか。玲菜、

玲菜　何？

芝　あのね、

玲菜　うん。

と、村井毅が走ってくる。

村井　芝さん！　グッドニュースです！

村井、玲菜に気付く。

村井　あ、こんにちは。

玲菜　こんにちは。

芝　玲菜。紹介する。今の僕の恋人だ。

玲菜　え!?

村井　隆太……。

玲菜　まって、どういうこと？　隆太、えっ!?　え!?　なに!?

芝　自分が誰を好きになるか、自分ではまったく予想がつかない。人生は、本当にエキサイティングだ。

玲菜　……私にはショッキング。

玲菜、走り去る。

村井　どうしたの、急に？　あの人、大丈夫かな？

芝　いや、いいんだ。何？　グッドニュースって？

村井　うん。新しい場所が見つかりそう。

と、芝の携帯が鳴る。出る芝。

芝　はい。もしもし。どうでした？　ただの水道水でしたか？　やっぱりインチキ……ええ!?

村井　隆太！

芝、慌てて去る。村井、付いていく。

38

道。

岩波が歩いている。

芝が登場。

芝　こんばんは。

岩波　あなたは……何の用です？

芝　悪魔ワクチンを分析しました。

岩波　えっ。

芝　パルボウィルス。分析した研究者が驚いてました。猫から猿に感染して変異したウィルスなんですね。

岩波　なんの話ですか。

芝　岩波大介さん。「宇宙の声」に入る前は、外資系の製薬会社の研究所で働いていましたね。

岩波　だからなんです。

芝　ウィルスを扱うのは、慣れていらっしゃる。

岩波　何の話か全く分かりませんね。

芝　そうですか。では、警察に提出します。「宇宙の声」が販売する「悪魔ワクチン」に病原性のとても高いウィルスが入っていたと。大騒ぎになりますね。

岩波　悪魔ワクチンは、発売前なんだ。でっち上げもいい加減にしろ。

芝　岩波さん。入手経路ははっきりしているんです。……大量殺人ですか？

岩波　えっ。

芝　パルボウィルスが何万本も日本中に配られたら、いったい、日本はどうなるんです。

岩波　……。

芝　大量殺人が「宇宙の声」の目的なんですか？

岩波　……。

芝　お返事がなければ、警察に提出するだけです。

岩波　……違う。

芝　えっ？

岩波　大量殺人が目的なんかじゃない。

芝　岩波さんは、そう言うと思ってましたよ。

岩波　えっ？

芝　大量殺人は神山先生の意志なんでしょう。

岩波　何を……（言い出すんだ）

芝　岩波さんは、神山先生を止めるために、最近は怒鳴り合っているとか。

岩波　えっ……

芝　手を組みませんか。

岩波　手を組む？

芝　あなたはこの計画をまったく知らなかった。私から聞いて、驚いて、先生に確認した。そして、止めた。だが、先生は実行しようとした。だから、あなたは警察に通報した。

岩波　何を言っているんだ。

芝　それを僕が原稿に書く。

岩波　原稿？

芝　独占スクープです。いろいろと神山秀雄について教えて下さい。もちろん、あなたは何も知らなかったというスタンスです。安心して下さい。

岩波　バカな。

芝　あなたは残されたメンバーをひきいて、新しい集団を作ればいい。もうナンバー2はいいでしょう。

岩波　えっ。

芝　先生に納得できないなら、あなたが先生になることです。

岩波　……。

二人はお互いを見る。

暗転。

39

神山の部屋。

神山と榊原がいる。

神山　一週間、お疲れだった。どうだ、あと一週間、続けないか？

榊原　一週間の約束でしたから。

神山　そうなると、絹田君はアシスタントをやめなければいけなくなるぞ。

榊原　それがいいと思います。もう彼女は「宇宙の声」にかかわらない方がいい。

神山　絹田君、あの男にひどい目に遭わされたらしいぞ。慰めるのは今がチャンスだ。

榊原　そんなことより、お話があります。

神山　なんだ？

　　玲菜がナイフを持って入ってくる。

玲菜　先生！　申し訳ありません！　私、どうしても榊原さんを好きになれませんでした！

榊原　玲菜ちゃん。

玲菜　私、人生ボロボロなんで、死んで先生にお詫びします！　死にます！

神山　ま、待て！

榊原　玲菜ちゃん！

　　榊原、玲菜のナイフを取ろうとする。と、玲菜の持っている悪魔センサーが鳴り始める。

玲菜　えっ……

　　玲菜、おずおずと取り出し、榊原に差し向ける。

　　音が高まる。

玲菜　そうか。そうだったのか……

榊原　え？　玲菜ちゃん？

玲菜、慌てて後ずさりして、神山に近づく。
また音が高まる。

玲菜　えっえっえっ……

神山　絹田君……。

玲菜　そんなー!!

玲菜、叫んで去る。

神山　なんだ？

榊原　……ああいう人なんです。

岩波と芝が入ってくる。

岩波　失礼します。

神山　入室は許可してないぞ。

岩波　先生。芝さんがお話があるそうです。
神山　今、忙しいんだ。独占インタビューの時間は後で取る。
芝　悪魔ワクチンに入っているものについてです。
神山　何？　……榊原君。今晩、美味いものでも食いながらゆっくり話そう。
榊原　いいえ。僕もお聞きしたいです。それはウィルスのことですか？
三人　えっ。
岩波　……先生、そんなことまで、こいつに。
神山　違う。なんの話かな？
芝　神山さん。もう悪魔ワクチンからパルボウィルスが発見されています。
神山　なんの話かまったく分からんな。
岩波　先生、絹田玲菜さんが悪魔ワクチンを地下倉庫から盗んで、彼に渡したそうです。
神山・榊原　えっ。
神山　……岩波。今すぐ、発送手続きを開始しろ。
岩波　えっ？
神山　すぐに配送センターに連絡して全国に送らせるんだ。八千本だがしょうがない。
岩波　先生、ですが、
神山　岩波、人を呼べ。芝さん、パルボウィルス、体験してみますか。
芝　えっ？
神山　岩波、早く電話しろ。
岩波　……。

神山　岩波！　私の言うことが聞けないのか。

芝　パルボウィルスは、致死率が一〇%なんですよ。分かってるんですか？

岩波　先生は死ぬつもりですか？

神山　この世を変えるんだよ。

榊原　どんなふうにですか？

神山　人間は自らの愚かさに気付かない限り、賢くなることはないんだ。

三人　えっ？

神山　彼らは、みんな、自ら望んで悪魔ワクチンを飲み、周りにまき散らすのだ。それが信じた結果だ。本望だろう。

芝　人間が愚かなのは、悪魔のせいじゃないんですか？

神山　悪魔とは誰のことだと思っている？　悪魔とは人間のことだよ。悪魔ワクチンとは、人間をこの世から消し去るためのワクチンだ。

榊原　なぜ、そんなことするんですか？

神山　榊原君。君も分かるだろう。人間はどうしようもなく愚かで醜い。私が担当していた少女は、いじめ抜かれて自殺した。その知らせを聞いて、いじめた奴らは笑った。大人は隠した。いじめを告発した母親には、ネットで誹謗中傷が殺到した。私は、人間を殺そうと決めた。

芝　無茶苦茶だ！

神山　そうだ！　人間は無茶苦茶だ！　死ぬだけ死ねばいいのだ。岩波、早くしろ！　出荷の電話だ！

岩波　先生。私は今の先生とは一緒には死ねません。

神山　何⁉　もういい。私が電話する。

神山、携帯を出す。
と、玲菜が飛び込んでくる。

玲菜　動かないで！

男達、その勢いに驚いて動きが止まる。
その瞬間、玲菜が差し出した悪魔センサーが鳴り始める。

玲菜　岩波さん。気をつけて。信じられないと思うけど、先生の正体は、

と、玲菜、岩波に近づくと、音が高鳴る。

玲菜　えっ⁉　岩波さんも⁉

岩波　違う！

玲菜、ひょっとしてと、芝にセンサーを差し向ける。
音が高鳴る。

玲菜　隆太も!?

芝　玲菜、目を覚ませ！

玲菜　そうか……そうだったのか。みんな、悪魔なんだ！　だから、私をこんなに苦しめるんだ！

榊原　玲菜ちゃん、それは誤解だ！

　　玲菜、バックから霧吹きを取り出して、
　　霧吹きを男達に向ける。

芝　玲菜、それはまさか、

玲菜　悪魔ワクチンよ！　あなた達悪魔を追い払うの！

男四人　!?（驚きの声）

岩波　ちょ、ちょっと待て！　それ絶対にシュッってするなよ！

玲菜　悪魔が何言ってるの！

神山　絹田君、私達は悪魔じゃない。

玲菜　悪魔センサーが教えてくれたわ！

芝　玲菜。（と、近づこうとする）

　　玲菜、芝に向けてシュッとする。
　　パニックになる男四人。

男四人　（悲鳴）
岩波　換気だ！　換気！　窓を開けろ！
芝　息をとめろ！　できるだけ息を止めろ！
神山　（息を止める）
岩波　なんで先生まで息をとめてるんですか⁉　死んでいいんでしょう！
神山　こんな形では死にたくないんだ！
玲菜　悪魔は死になさい！
岩波　絹田さん。悪魔センサーはインチキなんだ。
玲菜　は？
岩波　この一週間で、徐々に鳴る間隔が短くなるようにプログラムされてるんだ。今頃、日本中で鳴り続けてる。
玲菜　先生のお作りになったものを否定するの⁉
神山　それはインチキだ！　本人が言ってるんだから間違いない。
玲菜　悪魔だってバレたから、無茶苦茶言ってるのね！
神山　違うって！
芝　玲菜。（近づく）

玲菜、シュッとする。

岩波　換気だ！　換気！

神山　息をとめろ！

男四人、なんとか風を起こして換気しようとする。

芝　話を聞いてくれよ！

玲菜　私を傷つけた悪魔の話なんか聞きたくない！

芝　君を傷つけろっていう、神山先生の依頼だったんだよ。

玲菜　（霧吹きを神山に向けて差し出す）

神山　榊原君のためだよ！　すべては榊原君のためにやったんだ！

玲菜　（霧吹きを榊原に向けて差し出す）

榊原　違うよ！　周りが勝手にやったんだよ！

玲菜　みなさん、人間に戻って下さい。

玲菜、霧吹きを構える。

岩波　違うんだ、絹田さん！　それは、悪魔ワクチンじゃなくて、パルボウィルスって言うんだ。

玲菜　パルボウィルス？

芝　そうだ。致死率が、（と、近づく）

玲菜、芝にシュッと。

岩波　換気だ！　換気！

神山　息をとめろ！

　　男四人、手でパタパタしたり、フーフーしたりする。

芝　俺の話を聞けよ！

岩波　パルボウィルスっていうものすごく危険なウィルスが入った液体なんだ！

玲菜　嘘！　そんなものを何万本も売るわけない！

岩波　そうするつもりなんだ、神山先生は！

玲菜　やっぱり悪魔ね！

　　霧吹きを構える。

芝　玲菜、飛沫《ひまつ》が、（危険に）

　　玲菜、シュッとする。

岩波　換気だ！　換気！

神山　息をとめろ！

芝　少しはしゃべらせて！　お願いだから！

岩波　パルボウィルスは、飛沫感染だから、シュッシュッやってると、絹田さんも感染する可能性があるんだ！

神山　そうだ。絹田君も死ぬ可能性があるんだよ。

玲菜　私なんか死んでいいの。

男四人　えっ？

玲菜　先生の命令が実行できなかった。私なんかやっぱりゴミなの！

榊原　玲菜ちゃん。玲菜ちゃんはゴミじゃない。

玲菜　ゴミよ！　私が榊原さんを好きになればよかったのよ。でも、無理なの！　無理なものは無理なの！　どうしても榊原さんを好きになれないの！

榊原　そんなに繰り返さなくていいから。

玲菜　（芝を示して）こんな最低の男のことを忘れられないの！　だから、私は最低の女なの！

芝　玲菜は最低じゃないよ！

　　　玲菜、シュッとする。

岩波　換気だ！　換気！

神山　息をとめろ！

玲菜　最低の男が最低のこと言うな！

榊原　うまい。

神山　絹田君。すまなかった。
玲菜　えっ？
神山　私が君を追い込み、苦しめてしまったんだね。本当に申し訳なかった。この通りだ。

神山、深く頭を下げる。

玲菜　先生。
神山　それが本当に悪魔ワクチンなのか、ウィルスなのか。私は自分の体で確かめる義務がある。私に渡してくれないか。
玲菜　えっ？
神山　渡してくれないか。

神山、玲菜に手を伸ばす。

芝　玲菜、渡すんじゃない。

玲菜、その言葉でさっと神山に霧吹きを渡す。

玲菜　どうぞ。

すぐに神山、それを銃のように全員に向ける。
そのまま、携帯を取り出す。

神山　近づくな！　全員、感染するぞ！

芝　あなただって感染します！

神山　もういいんだよ！

玲菜　先生！

岩波　先生！

神山　（電話をかけて）配送係か。神山だ。いいか、今すぐ、悪魔ワクチンを、

榊原、心を優しくするポーズ。

榊原　ふんっ！

神山　倉庫の奥にしまいなさい。君は働きすぎだから、今日ははやく帰ってゆっくり……違う！　いいか。今すぐ悪魔ワクチンを、

榊原　ふんっ！

神山　誰も触れないように倉庫の奥にしまうんだ。君は早く帰って家族と楽しい団欒を……違う！　いいか！　悪魔ワクチンを送れ！　今すぐ、悪魔ワクチンを、

榊原　ふんっ！

神山　高熱処理しなさい。火傷しないようにね。そうしたら……違う！　いますぐ送れ！

榊原　ふんっ！

神山　帰りなさい！　家族によろしく！　違ぅ！　送れ！

榊原　ふんっ！

神山　帰りなさい！　奥さんによろしく！　違ぅ！

榊原　ふんっ！

神山　帰りなさい！　お子さんによろしく！　違ぅ！　（榊原に）もうやめろ！

芝　なんだ、これは？

岩波　楽しいコントか？

神山　（電話に）いいか！　今すぐ出荷して、日本人を皆殺しにしろ！

と、電話を切る。

玲菜　……先生、今、なんておっしゃいました？

神山　（ハッと）しまった！　ものすごく、心が苛立《いらだ》ってしまった。

神山、慌ててもう一度電話をかけようとする。
その瞬間に岩波、芝、榊原が神山に群がる。
神山、なんとか逃げようとして慌て、霧吹きを周りに吹き散らす。
男三人、飛沫がかからないように逃げまどう。

榊原　ふん！

　と、優しさのポーズ。

神山　危ない、危ない。気をつけて。

　と、霧吹きを差し出す。

　玲菜、それを素早く奪い取る。

榊原　玲菜ちゃん！

芝　玲菜！

神山　絹田君！

岩波　絹田さん！

　玲菜、霧吹きを男達に構える。

神山　また振り出しに戻るのか!?

　と、また悪魔センサーが鳴り出す。

玲菜　そうか、そうだったのか。どうして悪魔センサーが鳴り続けたか。やっと分かった。

榊原　玲菜ちゃん？

玲菜　私が悪魔だったからだ。

玲菜、自分の顔に向かって、口を開け、霧吹きする。

榊原　（同時に）玲菜ちゃん！

芝　（同時に）玲菜！

岩波　（同時に）絹田さん！

神山　（同時に）絹田君！

その瞬間、全員、ストップモーション。

40

榊原に明かり。

榊原　飛沫が飛び散る中、神山先生を取り押さえて、この物語は終わりを迎える。岩波さんと芝の作戦通り、すべては神山先生の計画だと警察に通報し、日本中が大騒ぎになった。パルボウィルスは、神山先生が天使時代に担当した研究者が培養していたものだった。最悪の予想通り、全員がパルボウィルスに感染した。神山先生は、肺炎を悪化させて一週間後に亡くなった。

神山　えー、死ぬの!?　俺、死ぬの!?　ここで？

神山、去る。

榊原　岩波さんは、二ヶ月半たってもまだ入院している。命に別状はないが、体調は回復していない。神山先生が死んで大混乱になった「宇宙の声」の新しいナンバー1として、ベッドからいろいろと指示を出している。

岩波、ベッドで電話している。

岩波　「宇宙の声」じゃなくて「宇宙の仲間」に変えるから。そう、「宇宙の仲間」！　「ソウル・リーディング」も月三回やるからな！」

岩波の姿、見えなくなる。

榊原　芝は、三週間後に退院した。すぐに「宇宙の声」について書いた本が大ベストセラーになって、「こども食堂」の記事をたくさん書けるようになった。

村井毅が出てくる。

村井　お待たせ。
芝　どんな調子？
村井　新しいボランティアが二人、来てくれるようになった。
芝　よかった。
村井　次の取材は？
芝　外国人実習生の問題。大変なんだ。
村井　へえ。どんなこと？

二人、話しながら去る。

榊原　玲菜ちゃんは、高熱と下痢、嘔吐に苦しめられたが、三日で回復した。
玲菜　元気になっちゃった。死んで生き返るの、二回目だ。
榊原　これからどうするか、試行錯誤している。
玲菜　よし、今度こそ、生まれ変わるぞ！

玲菜、元気に去る。

榊原　そして僕は、二週間で退院し、天使に戻すという神様の約束を断り、「天使本舗」を続けている。

彩子がモップを二本持って登場。

彩子　社長。掃除、始めますよ。

榊原　はい、分かりました。

榊原、モップを受け取る。
彩子は床掃除を始める。

榊原　（客に）社員は、森川さんただ一人。神様は、麻衣ちゃんを本当に救ったと思ったから天使に戻すと言ってくれた。でも、僕は本当に救うとはどういうことか、まだ考え続けている。だから、僕は「天使本舗」を続けている。

彩子　社長、何ブツブツ言ってるんですか。しっかり働いて下さいよ。

榊原　はい。

彩子、歌を口ずさみ始め、すぐに榊原も参加する。

榊原・彩子　ママ　泣かないで　ママ　元気をだして

二人の歌は続いていく。

終わり。

あとがき　または上演の手引き

戯曲に子供を登場させたのは初めてです。

もちろん、「大人が演じた子供の役」は、何回も書いてきました。でも、「この役は本当の子供がやった方がいいだろう」という役を書いたのは、初めてです。

きっかけは、『スクール・オブ・ロック』というミュージカルの演出を引き受けたことでした。

もともとは有名な映画ですから、知っている人も多いでしょうが、売れないロックバンドのボーカリストが、嘘をついて小学校の先生になる話です。

このミュージカルのオーディションで、何百人という子供達に会いました。最終的に残ったのは、じつに演技が達者な俳優達でした。「君達は、プロ子役か？」と冗談めかして聞いたら、本当にプロの子役でした。さまざまなミュージカルで、立派に演技を続けていました。

それまで正直に言えば、僕は子供の演技をなめていました。なんだか、学芸会に毛の生えたような演技をするんじゃないだろうかと。

まったくの誤解でした。多くの子供達は、大人よりはるかにリアルで感動的な演技をしました。じつにうまかったのです。

これは面白いと思って、僕は子役が登場する戯曲を書こうと決めました。それが、この『ウィングレス』だったのです。

なので、この戯曲を上演しようとする人は、もし、可能なら子供を本当に使うことをお勧めします。

実際の上演では、麻衣役は、ダブルキャストで（労働基準法の関係で、一人ではなかなか、長い公演ができないのです）、二人とも小学校六年生でした。じつにチャーミングで素敵な演技でした。

もちろん、中学生や高校生、大人が麻衣役をやることは可能ですが、子供になればなるほど感動的な作品になると思います。

ちゃんと練習すれば、子供もリアルな演技ができると僕は確信しています。

冒頭、玲菜が飛び下りて、それを天使が救うという表現は、いろんなやり方があると思います。

例えば、影絵で「落ちていく玲菜」「助ける天使」を表現する方法。玲菜と天使の小さな人形を使う方法。人形を棒で支えて、背景にビルを置けば、落ちていく感じは出せるでしょう。いきなり、紙芝居にしても面白いかもしれません。

まだまだ、いろいろとあると思います。演劇は、映像と違ってリアリティの幅が広いので（例えば、本物の雪を使わなくても白い紙を降らせれば雪だと観客は見てくれるし、ティッシュをヒラヒラと何枚か落とすだけで舞う蝶《ちょう》に見てくれます。つまりは、想像力でいろんなものを表現できるので）、いろんな楽しみ方ができると思います。それは、演劇を創る楽しみです。

今回、シーン数が多いのですが、それぞれのシーンをなるべく続けて上演することが、一番、大切なことです。何回かは暗転しますが、それ以外はなるべく、明かりの変化で展開していくことをお勧めします。理想の上演時間は2時間です。（と言いながら、今、この文章を書いている時点ではまだ上演してないので、僕もそれを目指すということです。ひょっとしたら、2時間5分〜10分ぐらいになる可能性もあります。そうなったら、必死にいろんな所を少しずつ削って、なんとか2時間にしたいと思います）

「ごあいさつ」に書いた「実生活に使えるのは、絶対に戯曲」という意味は、戯曲は話し言葉だけで成立しているので、「あ、こんな言い方いいな」とか「なるほど、こんな言い方があるのか」という発見は、小説に比べて戯曲の方が断然多いということです。

小説は「なるほど、こんな生き方があるのか」とか「こんな感情があるのか」という発見が多いでしょうが、戯曲はもっと具体的に「使える言葉」だらけなのです。

ですから、戯曲はもっと売れた方がいいと思うのですが、僕の作品だけではなく、戯曲全体がどんどん売れなくなっています。日本演劇界にとって、大変な問題です、と大袈裟《おおげさ》に言うのもなんですが、なるべく、多くの人が戯曲に親しんでもらえたらと思います。

本の最後に書くのもなんですが、戯曲を読む楽しみは、最初にざっと読んだら、次に、配役を決めて読むことです。

あなたの脳内で、キャスティングするのです。元天使に誰を、自殺しようとする玲菜に誰を、神山に誰を、彩子に誰を、と決めてから読むのです。ね、なんだかワクワクしませんか？

あなたが女性なら玲菜を自分に、男性なら榊原を自分にして読むのも、もちろんありです。その方がより感情移入して読めるでしょう。

そして、気に入ったセリフがあれば、声に出して読んで欲しいと思います。神山先生の長セリフなんか、大声で言いたくなりませんか？　これもワクワクドキドキする、戯曲の楽しみ方です。

友達と１シーンだけでも読み合わせる、なんていう楽しみ方もあります。なにも全体を上演しなくても、「このシーン、好きだ」というシーンをとにかく、読み合わせるのです。声に出して読み合うことで、きっと、違う楽しみを見つけられると思います。いえ、見つけられたらいいなと思います。

こうやって、一本の戯曲をいろいろと楽しんでもらえれば、作者としてこんな幸せはないと思うのです。

鴻上尚史

2023年4月3日
『ウィングレス―翼を持たぬ天使―』の稽古中に

上演記録

KOKAMI@network vol.19
『ウィングレス（wingless）―翼を持たぬ天使―』

［東京公演］ 2023年5月 1日（月）～21日（日） 紀伊國屋サザンシアター TAKASHIMAYA
［大阪公演］ 2023年5月27日（土）～28日（日） 梅田芸術劇場シアター・ドラマシティ

出演

福田悠太（ふぉ～ゆ～）

大野いと
小南光司
鈴木康介
三上さくら／中川陽葵（Wキャスト）

渡辺芳博
辻捺々
湯浅くらら
古谷陸

田畑智子
渡辺いっけい

スタッフ

作・演出｜鴻上尚史

美術｜松井るみ　音楽｜河野丈洋　振付｜川崎悦子
照明｜中川隆一　音響｜原田耕児　映像｜冨田中理
衣裳｜森川雅代　ヘアメイク｜西川直子
演出助手｜小林七緒　舞台監督｜澁谷壽久

宣伝｜ディップス・プラネット
宣伝美術｜末吉亮（図工ファイブ）
運営協力｜サンライズプロモーション東京　サンライズプロモーション大阪
制作｜倉田知加子　小田未希　鴻上夏海
プロデューサー｜三瓶雅史
制作協力｜ new phase
企画・製作｜サードステージ

ママ泣かないで

47
の えが お 見 る た び に こ こ ろ が
50
や さ し く な る い つ も し ん ぱ
53
F
い ば か り か け て ご め ん な さ
56
い ずっ と いっ しょ だ よ マ マ
59
大 好 き 大 好 き マ マ だ い す
62
き マ マ 大 好 き 大 好 き マ
65
マ だ い す き

ママ泣かないで

C
22
か け て ごめんなさい ずっと
25
いっ しょ だ よ マ マ 大 好 き
28
大 好 き マ マ だ い す き
D
32
マ マ あ り が と
35
う マ マ わ た し の た め に マ マ
38
の こ と ば は す て き な た か ら も
41
の た の し く て げん き で
E
44
い つ も が ん ば る マ マ マ マ

Wingless

ママ泣かないで

作曲　河野丈洋
作詞　鴻上尚史

著者略歴

1958年生　早稲田大学法学部卒　作家・演出家

主要作品

『朝日のような夕日をつれて』
『デジャ・ヴュ』
『モダン・ホラー』
『ハッシャ・バイ／ビー・ヒア・ナウ［21世紀版］』
『天使は瞳を閉じて』（クラシック版）
『トランス』（新版）
『スナフキンの手紙』（岸田國士戯曲賞受賞）
『パレード旅団』
『ものがたり降る夜』
『プロパガンダ・デイドリーム』
『恋愛戯曲』（新版）
『ファントム・ペイン』
『ピルグリム』（クラシック版）
『シンデレラストーリー』
『ハルシオン・デイズ』
『リンダ リンダ』
『グローブ・ジャングル』（読売文学賞受賞）
『エゴ・サーチ』
『アンダー・ザ・ロウズ』
『深呼吸する惑星』
『キフシャム国の冒険』
『発声と身体のレッスン
——魅力的な「こえ」と「からだ」をつくるために』
『演技と演出のレッスン
——魅力的な俳優になるために』
『演劇ワークショップのレッスン
——よりよい表現とコミュニケーションのために』

ホームページアドレス　http://www.thirdstage.com

ウィングレス —翼を持たぬ天使—

2023年4月25日　印刷
2023年5月20日　発行

著者　©鴻上尚史《こうかみしょうじ》
発行者　岩堀雅己
発行所　株式会社白水社
〒101-0052
東京都千代田区神田小川町3-24
電話　営業部　03-3291-7811
　　　編集部　03-3291-7821
振替　00190-5-33228
www.hakusuisha.co.jp
印刷所　株式会社三陽社
製本所　誠製本株式会社

乱丁・落丁本は、送料小社負担にてお取り替えいたします。
ISBN978-4-560-09352-8
Printed in Japan